Fredrik Vahle

# Manuel

oder die Reise an den Anfang der Welt

Geschichtenroman in vier Teilen

Mit

Fotografiken von Annemarie Salm

und Karten von Harald Walla

Lamuv Taschenbuch 11

CIP-Kurztitelaufnahme der Deutschen Bibliothek:

**Vahle, Fredrik:** Manuel oder die Reise an den Anfang der Welt:
Geschichtenroman in vier Teilen / Fredrik Vahle.
Mit Fotografiken von Annemarie Salm
u. Kt. von Harald Walla. – Bornheim: Lamuv Verlag, 1981.
(Lamuv-Taschenbuch; 11)
ISBN 3-921521-42-4

NE: GT

1. Auflage 1.–10. Tausend November 1981

Umschlag und Gestaltung: Gerhard Steidl
Umschlag- und Textfotos: Annemarie Salm
Gesamtherstellung: Steidl, Düstere Straße 4, 3400 Göttingen
ISBN 3-921521-42-4

# Inhaltsverzeichnis

## I. Da unten fängt die Welt erst an!



## II. Ein Pferd und die Folgen



## III. Die Fahrt über den großen Nicaraguasee

# IV. Eine Insel im See

## Fredrik Vahle

geb. 1942. Wohnt in Salzböden bei Gießen. Macht und singt seit 1972 neue Kinderlieder. Schreibt seit 1979 auch Kinderbücher. Er arbeitet an der Uni Gießen (Arbeitsgebiet: Sprachwissenschaft/Kindersprache/Kindermedien), singt und liest aber auch überall, wo etwas für Kinder gemacht wird. Fredrik hat zusammen mit Annemarie Salm mehrere Fahrten nach Mittelamerika gemacht (Mexiko, Kuba). 1980 waren sie in Nicaragua, überbrachten eine eigene Spende, reisten quer durchs Land, sammelten Material für ein Buch und sangen den »Hasen Augustin«, »Die Rübe« und andere Lieder für Kinder in spanischer Sprache.

Die Länder der Erde in flächentreuer Darstellung (Peters-Projektion)

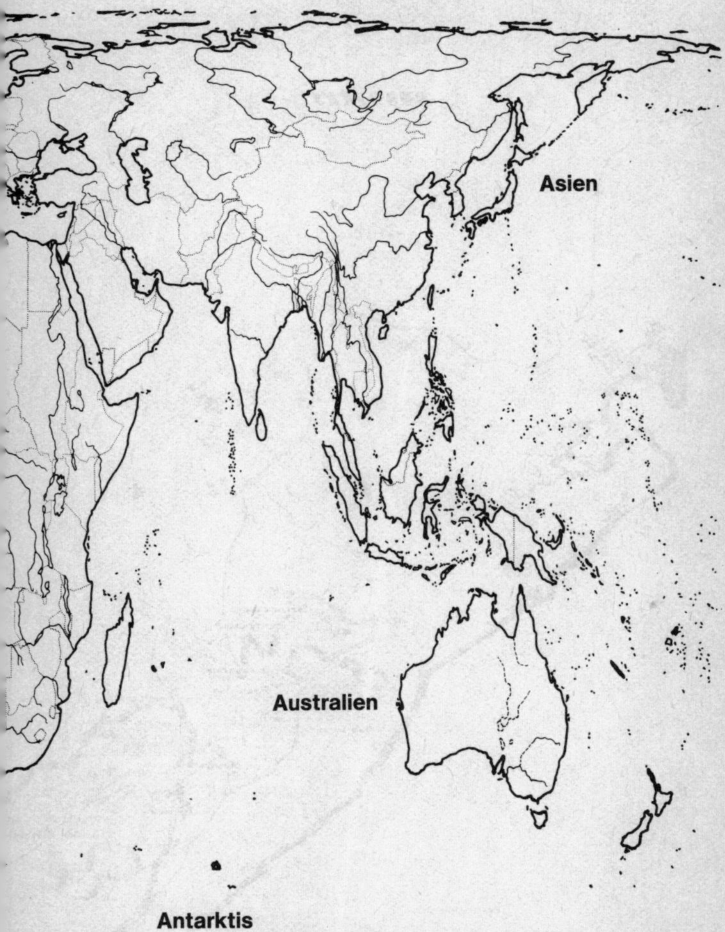
Asien
Australien
Antarktis

10 Kilometer
Land-Strecke
See-Strecke
Flug-Strecke
Regionshauptstadt
Stadt
Dorf
Panamericana
Straße
Staatsgrenze
Regionsgrenze
Fluß
See
Insel
HONDURAS
N I C A R
1 Corinto
Manuels Mutter trifft Hubert Schedel
4 Momotombo
1280
5 Momotombito
389
13 Managuasee
7 Acahualinca
Die alten und die neuen Spuren
6
8 Bolonia
Stadt-Viertel, in dem Manuel wohnt
Managua
Hauptstadt Nicaraguas
Manuels Heimatort
3
San Lorenzo
9 Masaya
10
Masaya
Stadt, Heimatort von Paco
11 Granada
Beginn der Schiffsreise
12 Großer Nicaragu
2 Pazifischer Ozean

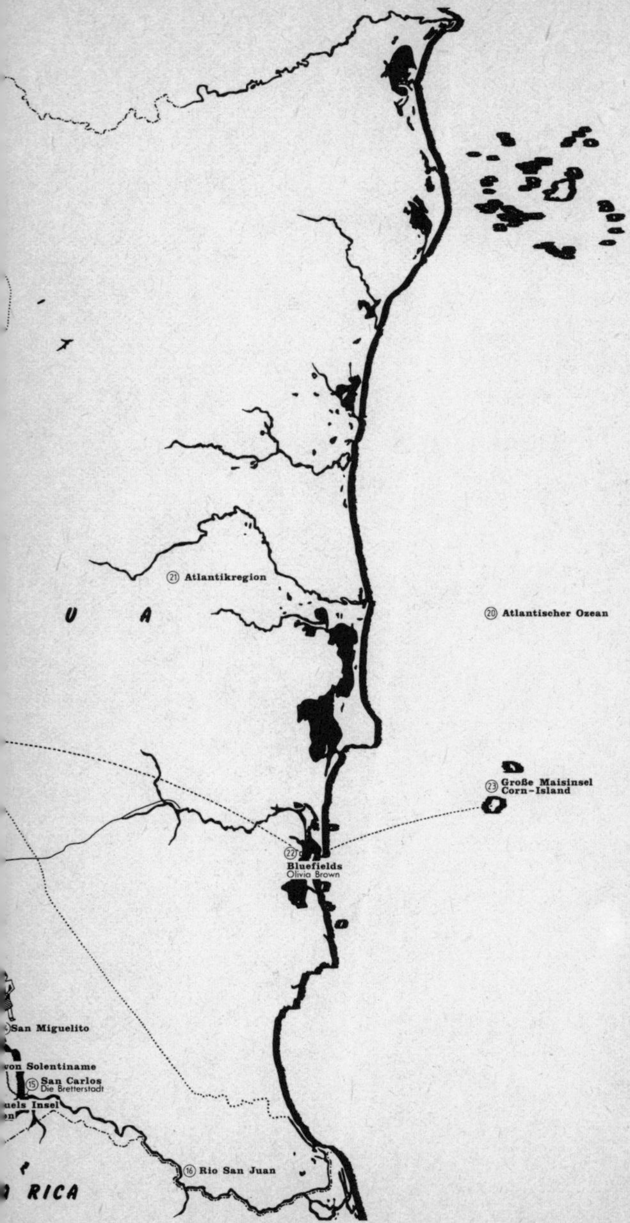

Atlantikregion
U A
Atlantischer Ozean
Große Maisinsel
Corn-Island
Bluefields
Olivia Brown
San Miguelito
von Solentiname
San Carlos
Die Bretterstadt
uels Insel
Rio San Juan
RICA

Das also ist Nicaragua. Jedenfalls sieht es so auf der Landkarte aus. Nicaragua liegt in der Mitte von Mittelamerika. Also weit weg von uns. Manche Leute denken an Nigeria oder die Niagara-Fälle, wenn sie das Wort »Nicaragua« hören. Trotzdem sind zu bestimmten Zeiten viele Nachrichten aus Nicaragua zu uns gekommen. Ausgerechnet am Weihnachtsabend im Jahr 1972 wurde ein Teil des Landes durch ein Erdbeben zerstört. Viele Länder haben geholfen, die Not zu lindern. Aber Somoza, damaliger Präsident von Nicaragua und Freund der USA, ließ die meisten Hilfsgelder in seine eigenen Taschen fließen. Er und seine Familie besaßen die größten Reichtümer des Landes. Die Mehrheit des Volkes lebte in großer Armut. Und das in einem Land, in dem eigentlich genug für alle da ist.
Um seine Reichtümer zu erhalten und zu vermehren, führte Somoza einen erbitterten Kampf gegen seine Gegner aus allen Schichten des Volkes. Für sein eigenes Handeln hatte er sich drei Worte ausgesucht, die alle mit »p« anfingen: »plata«, »palo« und »pluma«. Das heißt auf deutsch: Geld, Knüppel, und Blei. Geld für Somoza und seine Freunde, den Knüppel für das Volk und das Blei für seine Gegner.
Mit Hilfe der USA konnte Somoza seine Nationalgarde zur bestausgerüsteten und besttrainierten Armee von ganz Mittelamerika machen. Die Soldaten der Nationalgarde kamen zum großen Teil aus dem Volk. Sie sahen hier die einzige Möglichkeit, um dem Hunger und der Armut zu entfliehen. Aber sie wurden gegen das eigene Volk gedrillt. Ihr Schlachtruf war: »Kill, kill, kill! – Hoch die Garde! – Nieder mit dem Volk!«
Als Somoza 1979 die großen Städte seines eigenen Landes bombardieren ließ, wurde Nicaragua in unseren Nachrichten wieder häufig genannt. »Somoza ist fast noch schlimmer als Hitler«, sagten jetzt manche Leute in Nicaragua, »er führt einen Vernichtungskrieg gegen sein eigenes Volk.« Aber Somoza wurde durch den bewaffneten Aufstand der sandinistischen Befreiungsfront gestürzt. Die große Mehrheit des

Volkes hat dabei mitgeholfen. Endlich wurde mit dem Krieg Somozas gegen das eigene Volk Schluß gemacht. Und endlich war wieder Frieden. Aber das Land war zerstört. Es fehlte fast an allem und mehr als die Hälfte der Leute konnten weder lesen noch schreiben. Wie sollte in dieser Situation ein neues Nicaragua aufgebaut werden?
Trotzdem machen sich die Nicaraguaner an die Arbeit, besonders die jungen Leute. Nach dem bewaffneten Aufstand wird ein friedlicher Feldzug geplant. Alle Leute im Land sollen Lesen und Schreiben lernen. Alle sollen an der Erneuerung Nicaraguas teilnehmen können. Besonders die jungen Leute in den Städten, die schon lesen und schreiben können, sind aufgerufen, an diesem friedlichen Feldzug teilzunehmen. Einer von diesen jungen Leuten ist Manuel. Wie alt er ist, will er nicht verraten. Aus gutem Grund. Dies ist seine Geschichte.

# I.

# Da unten fängt die Welt erst an!

# 1. Vom Anfang und vom Ende der Welt

Manuel ist dran. Seine Freunde haben sich draußen vor dem Barackenfenster versteckt. In der Baracke riecht es nach Petroleum und frischem Papier. Die Anmeldebogen hat er schnell ausgefüllt.

»Und auf welcher Schule warst du?« fragt die junge Frau hinter dem Schreibtisch.

»In Santa Maria, auf der Privatschule. Bis sie zugemacht wurde«, sagt Manuel.

»Aber hier hast du was vergessen. Dein Geburtsdatum. Oder willst du nicht verraten, wie alt du bist?«

Manuel will nicht lügen. Aber er kann auch nicht die Wahrheit sagen. Er blickt sich hilfesuchend zum Fenster um. Jetzt müssen ihm die anderen helfen. Vielleicht hat er dann Glück.

»Ich habe den ganzen Vorbereitungskurs mitgemacht, und in der Schule war ich schon in der Achten«, sagt er.

In diesem Moment ruft Mario von draußen: »Vorne am Tor wartet ein LKW. Ich glaube, er soll ausgeladen werden.«

»Wir müssen uns beeilen«, sagt die junge Frau. Manuel nickt eifrig.

»Und wo willst du hin? Die meisten Listen sind schon voll.«

»Möglichst weit weg von Managua«, sagt Manuel mutig und froh.

Die junge Frau blättert in ihren Listen.

»In den Süden kannst du noch mit. Zum Rio San Juan.«

»So weit?« – Manuel wird ängstlich. Aber er läßt sich nichts anmerken.

»Da unten, da ist doch nur Sumpf und Urwald. Die Leute sagen immer: Da unten ist die Welt zu Ende!«
»Nein, mein Lieber, da unten fängt die Welt erst an. Gerade jetzt.«
Die junge Frau lacht, und Manuel sieht, wie schön sie ist. Er hat ein Gefühl in der Brust wie Lachen und Weinen auf einmal. Und er möchte kein Feigling sein.
»Gut, dann fahre ich an den Anfang der Welt. Zum Rio San Juan an den Anfang der Welt.«
Im Nebenzimmer bekommt er ein paar braune Gummistiefel, das graue Hemd der Alphabet-Lehrer, das Lehrbuch, Hefte, Bleistifte, Medizin, einen Regenschutz und zum Schluß eine große graue Petroleumlampe. Eine Taschenlampe wäre ihm lieber gewesen. Die ist leichter zu tragen. Trotzdem sagt er:
»Mit diesen Sachen laufe ich bis ans Ende der Welt.«
»Bis an den Anfang der Welt«, sagt die junge Frau und lacht.
Schwer beladen kommt Manuel aus der Baracke. Der Kleine hat es geschafft. Seine Freunde freuen sich. Manuel fährt zum Anfang der Welt. Dahin, wo er noch nie war. Wo es Urwald gibt und Indianer, wo es Krokodile gibt und Papageien. Dahin, wo tausend Abenteuer auf ihn warten.
Manuel wollte schon einmal von zu Hause weglaufen. Aber nach Texas, um Cowboy zu werden. Jetzt geht es in die andere Richtung, und er hat eine Aufgabe, auf die er stolz ist. Zum ersten Mal in seinem Leben wird Manuel eine lange Reise machen. Eine Reise von fünf Monaten an den Anfang der Welt.

## 2. Von der eigenartigen Stadt Managua und von Manuels Mutter

Manuel ist in Managua aufgewachsen. Managua ist die Hauptstadt von Nicaragua. Der größte Teil der Stadt wurde von einem Erdbeben zerstört. Manche Stadtviertel blieben stehen. Auch das, in dem Manuel lebt.

Es gibt laute und leise Viertel in Managua. Manuel wohnt in einem leisen Viertel. Die Häuser sind hier groß und geräumig. Vor den Häusern wachsen Blumen und grüner Rasen. Die Leute sind gut gekleidet. Jeder hat genug zu essen. Alles ist hier friedlich und ruhig. Ein paar hundert Meter weiter fängt das laute Viertel an. Hier donnern die LKW's an mühevoll zusammengeflickten Hütten vorbei. Man hört Radiomusik, Kinderweinen, Motorenlärm und Hundegebell. Manchmal gehen die Kinder aus dem lauten in das leise Viertel, um in den Abfalltonnen nach Speiseresten zu suchen. Wenn die LKW's am lauten Viertel vorbeidonnern, hört man nichts anderes. Wenn sie schon lange vorbei sind, riecht man sie noch.

Als Manuel nach Hause läuft, denkt er an seinen Auftrag. Er soll wildfremden Leuten Lesen und Schreiben beibringen. So, wie viele tausend andere auch, die aus den Städten in die entferntesten Winkel des Landes ziehen. Mehr als die Hälfte der Leute in den ländlichen Gebieten können weder lesen noch schreiben. Sie können nicht lesen, was in der Zeitung, in den Büchern und auf den Mauerwänden steht. Sie können kein einziges Wort und keinen Brief schreiben.
Nicht mal ihren eigenen Namen.
Das Hausmädchen öffnet die Tür. Manuel sieht, daß seine Schwester Aurelia ihre Sachen schon gepackt hat.
»Wohin fährst du?« fragt er.
»Nach San Rafael und von da aus in die Berge. In fünf Stunden sind wir da. – Und was machst du?«
»Ich mache auch mit. Ich fahre an den Rio San Juan!«
»Ach du meine Güte«, ruft Gladys aus dem Innenhof.

Gladys ist Manuels Mutter. »Der Kleinste aus der Familie muß am weitesten weg. Du bist doch noch viel zu jung dafür. Und dann noch in diese Ecke. Da ist doch wirklich die Welt zu Ende!«

»Nein, da fängt die Welt erst an!« sagt Manuel.

»Du hast gemogelt«, sagt Aurelia, »Jungs in deinem Alter nehmen die doch gar nicht.«

»Geh doch hin und frag!«

Manuels Mutter hat Angst. Sie muß an das denken, was ihr Leute erzählt haben, die in dieser Gegend waren. Da soll es riesige Vogelspinnen geben, die hinter den Häusern lauern, und außerdem Taranteln, Haie und andere schreckliche Tiere. Man kann dort unten auch leicht krank werden und sich die Malaria holen. Aber Gladys ist auch stolz auf Manuel. Er hat sich in den letzten zwei Jahren verändert. Das merkt Gladys immer deutlicher.

»Weißt du noch, wie du auf die Schule geschimpft hast, weil ihr jede Woche ein Diktat schreiben mußtet? Und wie du kein Taschengeld mehr bekommen hast, weil du die Schule geschwänzt hast? Du wolltest immer nur Tennis spielen, bei Don Pepe reiten oder ins Kino gehen. Die Schule hat dir wirklich nicht viel Spaß gemacht. Und jetzt willst du weg, um wildfremden Leuten Lesen und Schreiben beizubringen. Noch dazu fast ans Ende der Welt. Es ist unglaublich.«

»An den Anfang der Welt!« sagt Manuel und geht in sein Zimmer. Der Tennisschläger hängt noch immer an seinem Platz, auch die Siegerurkunde und das Bild von Jojo, seinem Lieblingspferd. Als er das alles sieht, werden die vergangenen Jahre noch einmal lebendig ...

# II.

# Ein Pferd
# und die Folgen

## 1. Von einem Geschenk mit vier Beinen

Vor zwei Jahren war Manuel der beste Tennisspieler der Schule geworden. Seine Mutter und Don Pepe waren dabei, als er Ronald schlug. Ronald war zwei Jahre älter als Manuel und schon dreimal hintereinander Schulmeister gewesen. Ronald war aus Texas und sehr stolz darauf. Manuel bewunderte Ronald. Er wollte so sein wie er. Ronald wohnte in einem der schönsten Häuser von Managua. Manchmal flog er mit seinem Vater im Sportflugzeug an den Pazifik oder bis nach Miami. Auch in Europa war Ronald schon gewesen. Ronald war lässig und freundlich. Er war der »King« in der Schule und eigentlich unschlagbar. Aber Manuel hatte es doch geschafft, noch dazu mit einem dreimal geflickten Tennisschläger. Nach dem Spiel hatten ihm alle gratuliert, ganz am Schluß Don Pepe. Der hatte Manuel wie immer viel zu fest auf die Schulter gehauen und gedröhnt:
»Ich hab was für dich als Belohnung. Übermorgen kannst du's dir in San Lorenzo abholen!« Manuel wäre lieber ins Kino gegangen.
Zu Hause zog sich Manuel sofort um. Die vornehmen weißen Hosen mochte er überhaupt nicht. Seine Blue Jeans hingen auf der Leine und tropften. Manuel legte sich eine Platte mit Rock'n-Roll-Musik auf. Die Tassen auf dem Gartentisch begannen zu zittern. Aber seine Blue-Jeans wurden davon nicht trocken. Egal, Manuel wollte weg und zog sich die halbnassen Hosen an. Sie saßen wie angegossen. Das Hausmädchen brachte ihm seine frisch geputzten Lederschuhe. Aber Manuel schlüpfte wieder in seine verschwitzten Tennistreter, in seine Siegerschuhe. Dann lief er pfeifend

aus dem Haus. Das Hausmädchen stellte die Rock'n-Roll-Musik sofort ab.
Dann kam der Sonntag. Manuel fuhr mit seiner Mutter nach San Lorenzo. Er war neugierig auf Don Pepes Geschenk. »Don Pepe ist draußen im Pferdestall«, sagte Jacobo, der Hausdiener und Pferdeknecht. Don Pepe stand vor einem Pferd. Es hatte ein rotbraunes Fell und eine blonde Mähne.
»Ein wunderbares Pferd«, sagt Gladys.
»Ist mein Geschenk im Haus?« fragt Manuel.
»Schau dich um! Dein Geschenk ist schon hier«, sagt Don Pepe.
Neben dem Pferd liegt ein neuer Sattel. Vorn an der Tür stehen ein alter Reitstiefel, eine Stallaterne und ein kaputter Schaukelstuhl.
»Der Sattel?« fragt Manuel.
»Nein, das Pferd«, sagt Don Pepe.
»Doch nicht das Pferd«, sagt Gladys.
»Doch, das Pferd«, sagt Don Pepe.
»Das Pferd!« jubelt Manuel.
Don Pepe ist der beste Mensch der Welt. Er hat Manuel ein Pferd geschenkt. Manuel ist nicht nur Schulmeister im Tennis. Er ist jetzt auch Pferdebesitzer. Ronald wird staunen. Das Pferd heißt Jojo. Manuel hätte ihm lieber selber einen Namen gegeben. Aber »Jojo« findet er auch ganz schön. Jojos Fell glänzt rotbraun. Als Manuel mit der Hand drüberstreicht, spürt er, wie seidig und weich es ist. Am Nachmittag ist er mit Jojo allein. Er kämmt Jojo. Er putzt Jojo. Er streichelt Jojo. Sonst macht er nichts. Am nächsten Sonntag hat Jacobo, der Pferdeknecht, Jojo schon gesattelt. Manuel ist kein Anfänger. Zuerst streichelt er das Pferd und hält ihm ein Bündel Heu hin. Manuel hat schon viele Wildwestfilme gesehen. Er weiß, wie man ganz schnell auf ein Pferd springt. Schon ist er oben. Jojo hat noch keine Wildwestfilme gesehen. Er steht

da wie ein bockiger Esel, dann senkt er den Kopf wie ein zorniger Ziegenbock, und dann springt er mit dem Hinterteil in die Höhe, so wie es nur ein Pferd tun kann. Manuel ist schneller wieder auf der Erde, als ihm lieb ist. Er humpelt zum Weidenzaun. Seine Knie tun weh. Aber laufen kann er noch.

»Scheißgeschenk«, murmelt er, ohne sich nach Jojo umzublicken. Aber da hört er Pferdehufe hinter sich. Jojo ist ihm gefolgt und bläst ihm seinen warmen Pferdeatem in den Nacken. Manuel versucht es noch einmal. Aber nicht so, wie er es in Wildwestfilmen gesehen hat. Ich muß darauf achten, was Jojo will, sagt er sich. Ein Pferd ist kein Fahrrad. Ein Pferd kann man nicht behandeln wie eine Maschine. Jojo merkt das. Manuel bleibt oben. Er reitet zum Bach und dann weiter bis zu den Kaffeefeldern.

Manuel sieht die Welt jetzt mit anderen Augen. Die Luft ist nicht mehr dumpf und heiß. Sie streicht ihm kühl über die Stirn. Mit seinen eigenen zwei Füßen spürt er die Erde nicht mehr, dafür aber mit vier Pferdehufen, die ihn im Galopp davontragen. Er kann die Nase in den Wind strecken und sich wie ein Riese fühlen. Er spürt die Bewegungen des Pferdes an den Schenkeln und am Po. Wenn er ganz dicht neben dem Pferd auf den Boden schaut, ist es, als würde er seine Geschwindigkeit verdoppeln. Wenn er hinten zu den Kaffeefeldern blickt, ist es, als würde er fliegen. Die Luft saust an seinen Ohren vorbei. Manuel möchte nicht aufhören zu reiten. Er ist groß und frei geworden. Alle werden ihn bewundern, und keiner wird mehr herunterschauen und sagen: »Was will denn der Kleine hier?« Jojo ist das beste Pferd und Don Pepe der beste Mensch von der Welt.

## 2. Von einem Überfall, einem ersten Zweifel und dem Bauerngeneral Sandino

Gladys macht sich Sorgen. Zuerst ist Manuel immer auf den Tennisplatz gelaufen und jetzt ist er in jeder freien Minute bei Don Pepe. Nur um die Schule kümmert er sich nicht.
»Alles langweiliger Kram, zum Gähnen«, sagt er einmal zu seiner Mutter. Er denkt an die Vokabeln auf der grünen langen Tafel und an das Bild mit dem Hängebackengesicht des Präsidenten Somoza. Manuels Gedanken sind schnell wieder bei Jojo.
Er stellt sich vor, wie er mit Jojo durch die Prärie in Texas reitet. Zwölf böse Banditen sind hinter ihm her. Aber Manuel reitet ihnen einfach davon. Er reitet immer weiter, unter dem riesigen blauen Himmel ... durch Flüsse und Gebirge ... bis dahin, wo die hochaufgetürmten Wolken und das grüne Land zusammenstoßen. Manuel ist ein einsamer Cowboy, und Jojo ist sein bester Freund.
»Aber um die Schule kommst du nicht herum, sonst fällst du im Leben auf die Nase!« sagt seine Mutter. Mehr weiß sie auch nicht zu sagen. Und als es im Fernsehen wieder einen Wildwestfilm gibt, schaut sie sich den zusammen mit Manuel an. Jetzt denkt Manuel erst recht an Jojo. – Plötzlich klingelt das Telefon. Gladys hebt ab, lacht und ruft: »Olá, Don Pepe, wie gehts?« Aber dann wird sie ganz schnell ernst.
»Bist du verletzt? ... ein Glück, aber welches Pferd denn?«
Dann sagt Gladys nach einer Weile: »Das arme Pferd!«
Manuel ist plötzlich hellwach. Der Wildwestfilm interessiert ihn nicht mehr.

»Welches Pferd?« fragt er.
»Welches Pferd schon«, sagt Gladys traurig.
»Doch nicht mein Pferd«, sagt Manuel.
»Doch, dein Pferd«, sagt Gladys.
»Aber tot ist er nicht«, sagt Manuel.
»Jojo ist tot«, sagt Gladys.
Manuel ist wie gelähmt. Alles krampft sich in ihm zusammen. Ein kleines Wort aus drei Buchstaben: »tot«. Ein Wort wie andere Wörter auch. Und dieses kleine Wort bedeutet etwas Schreckliches. Aber Manuel gibt nicht auf.
»Jojo ist nicht tot. Das kann doch gar nicht sein.«
»Don Pepe hat es eben gesagt.«
»Richtig tot?«
»Richtig tot!«
»Und warum ist Jojo tot?«
»Es war ein Überfall. Die Nationalgarde hat drei Männer gesucht. Und die haben sich im Pferdestall versteckt. Die drei Männer waren bewaffnet, und es hat eine Schießerei gegeben.«
»Und weiter?«
»Da mußt du Don Pepe fragen.«
Am nächsten Morgen ist Manuel bei Don Pepe. Don Pepe liebt dicke, lange Zigarren. Er sitzt auf der Veranda und raucht wie der Vulkan Momotombo.
»Jojo ist schon weg. Du brauchst dich um nichts mehr zu kümmern«, sagt Don Pepe.
»Und was ist passiert?«
»Die Terroristen haben ihn auf dem Gewissen. Es waren irgendwelche Ausländer, die sich heimlich hier versteckt haben.«
»Und wieso haben sie Jojo erschossen?«
»Es sind Banditen. Sie stecken die Häuser an und erschießen die Tiere. Aber die Nationalgarde hat kurzen Prozeß gemacht. Mit sechzig Mann waren die hier. Eine ganz schöne Knallerei war das. Und einen haben

sie an Ort und Stelle umgelegt. Für diese Bande ist das am besten.«

»Und wer hat die Nationalgarde hierher geholt?«

»Na, ich natürlich. Oder meinst du, ich laß mir das Dach über dem Kopf anstecken?«

»Und wer hat Jojo erschossen?«

»Was weiß ich. Die Terroristen natürlich!«

Don Pepe ist richtig ärgerlich geworden. Manuel merkt, daß es keinen Zweck mehr hat, weiter zu fragen. Er läuft rüber zum Pferdestall. Jojo ist wirklich verschwunden. Die übrigen Pferde grasen friedlich auf der Weide. Manuel findet Einschüsse in der Stalltür und überall an der Außenmauer. Im Stall riecht es angebrannt, aber nichts brennt mehr. Neben Jojos Futterkrippe findet er eine leere Zigarettenschachtel und ein halbverbranntes schwarzrotes Halstuch. Er zeigt es Jacobo, dem Pferdeknecht. Der sitzt vor seiner Hütte und flickt eine uralte Hängematte.

»Haben das die Terroristen hiergelassen?« fragt Manuel.

»Das waren die Söhne Sandinos«, sagt Jacobo leise. »Sie sind hier aus der Gegend und kennen jeden Baum und Strauch. Sie haben sich drüben im Pferdestall versteckt. Aber irgend jemand muß sie verraten haben. Die Nationalgarde ist gekommen, und die waren alle schwer bewaffnet. Ich mußte mich auf den Boden legen, und dann hat mir einer in die Rippen getreten. Die Nationalgarde hat ohne Warnung geschossen. Einer von den Söhnen Sandinos wollte sich ergeben. Er kam aus dem Dunkel durch die Stalltür. Ich glaube, er war verwundet. Aber sie haben ihn erschossen. Dann war es eine Weile ganz still. Die Tür vom Pferdestall stand offen. Aber im Stall konnte man nichts sehen. Alle Fenster waren verschlossen. Aber plötzlich hat sich hinter der Stalltür etwas bewegt. Keiner konnte erkennen, was das war. Man hörte nur leise Geräu-

sche ... wie wenn jemand etwas auf den Boden stellt. Und dann hat der Offizier einen Befehl geschrien. Sie haben in den Stall geschossen ... alle auf einmal. Und dann lag das Pferd da. Es war sofort tot. Wenn sie gewußt hätten, daß es ein Pferd von hier ist, hätten sie vielleicht nicht geschossen. Sie haben aber gedacht, es wäre ein Mensch, einer von den drei Männern.«
Manuel schweigt. Jetzt weiß er, was passiert ist. Er möchte laut losheulen. Aber er tut es nicht.
»Und was ist mit dem schwarzroten Tuch hier?« fragt er Jacobo.
»Das haben die Söhne Sandinos hiergelassen. Rot und Schwarz sind die Farben von Sandino, von dem Bauerngeneral Sandino. Der wollte schon vor fünfzig Jahren gegen die Eindringlinge aus dem Norden kämpfen. Dabei war er gar kein richtiger General.
Er war zuerst Landarbeiter und ging dann als Bergarbeiter nach Mexiko. Und er hat gesehen, wie seine Heimat nach und nach an die USA verschachert wurde. Die Nordamerikaner hatten damals das ganze Land besetzt. Und Sandino ging zurück nach Nicaragua und fing mit einem Haufen von armen, schlecht bewaffneten Bauern den Kampf an. Und er gewann einen Kampf nach dem andern, denn die Leute hier halfen ihm, sogar die Kinder. Die versteckten sich in den Wäldern und machten mit Blechbüchsen, Eimern und Rasseln einen Riesenlärm. Da dachten die Yankees, im Wald ist eine ganze Armee, und bekamen Angst. Sandino aber wurde von seinen Bauern zum General gemacht. Er träumte von einem freien, glücklichen Nicaragua, und beinahe hätte er es geschafft. Aber der Vater Somozas ließ ihn ermorden. Und heute gibt es wieder Leute, die Sandinos Traum wahr machen wollen. Das sind die Söhne Sandinos, und sie tragen die Farben des Bauerngenerals: Rot und Schwarz ... Aber zeig das Tuch ja nicht Don Pepe. Dann wird

er garstig. Diese Farben kann er nämlich gar nicht leiden.«
Als Manuel an diesem Tag nach Hause fährt, weiß er nicht, ob er Don Pepe noch glauben soll. Vielleicht ist Don Pepe doch nicht der beste Mensch von der Welt. Er weiß aber auch nicht, ob er Jacobo glauben soll. Nur eins weiß er ganz genau: Jojo ist tot.

## 3. Von Hubert Schedel, dem komischen Franz und dem gierigen Wolf

Manuel verkriecht sich in sein Zimmer. Er hat zu nichts mehr Lust. Er hat keine Lust zu lesen ... er hat keine Lust, ins Kino zu gehn ... er hat keine Lust, Tennis zu spielen. Er sitzt da und ist traurig. Das ist alles.
Aber eines Tages muß er doch wieder lachen. Und ausgerechnet da, wo es eigentlich nicht viel zu lachen gibt – in der Schule. Und ausgerechnet in der Stunde, in der Manuel noch nie gelacht hat – in Religion.
Der neue Religionslehrer heißt Hubert Schedel und kommt aus Deutschland. Er macht den Mund spitz und klopft sich auf den Kopf. Die Luft im Mund schwingt mit. Hubert Schedels Schädel klingt unsagbar hohl.
»Ich heiße Hubert Schedel«, sagt Hubert Schedel.
Alle müssen lachen, auch Manuel.
Hubert Schedel hat eine Knubbelnase, einen schnurgeraden Scheitel und eine große schöne Locke, die nicht zu seinem Scheitel passen will. In der ersten Stunde erzählt Hubert Schedel eine Geschichte von weit her. – Draußen geht ein leichter Wind durch die Palmen. Aber in der Klasse ist es sehr heiß. Hubert Schedel schwitzt und wischt sich immer wieder den Schweiß von der Stirn. Er erzählt sehr leise und bedächtig. Aber alle hören gespannt zu. Auch Manuel ...
»In einem Land weit weg von hier lag vor langer Zeit ein Dorf, da war der Winter besonders streng. Lange Eiszapfen hingen von den Dächern, und die ganze Gegend lag unter einer meterhohen Schneedecke«, sagt Hubert Schedel und wischt sich den Schweiß von der Stirn. »In diesem Dorf lebte ein Mann, der war anders

als die übrigen Leute. Er war dort nicht geboren, hatte keine Verwandten, keine Wiesen und kein Vieh. Und einmal hatte er sich eine Stunde lang mit den Spatzen unterhalten. Deshalb nannten die Leute den Mann, der übrigens Franz hieß, den komischen oder den verrückten Franz. Manche nannten ihn aber auch Bruder Franz, weil er sogar mit den Spatzen reden konnte und zu allen Lebewesen sehr brüderlich war.
In einem solchen Winter also, als die Gegend vor Frost und Eis nur so knackte, lief ein Wolf im Schutz der nächtlichen Dunkelheit in die Täler. Der fraß die Schafe und tötete sogar einige Hirten, die sich ihm entgegenstellten. Alle im Dorf hatten Angst vor dem Ungeheuer. Nur Bruder Franz nicht. Er machte sich eines Tages auf den Weg, um den Wolf zu suchen. Stundenlang stapfte er durch den hohen Schnee. Aber plötzlich stand er im Wald vor einer finsteren Höhle.
Er sah nichts. Aber aus dem Inneren der Höhle kamen eigenartige Geräusche. Es war zuerst wie ein Scharren und Kratzen, dann wie ein dumpfes Gurgeln und Fauchen und dann wieder wie ein heiseres Bellen und wütendes Knurren. Bruder Franz stand allein vor der Höhle und konnte nichts erkennen. Die Geräusche wurden immer lauter und drohender. Und plötzlich sah Bruder Franz zwei böse gelbe Augen aufleuchten und erkannte einen riesigen Wolf.
Der Wolf knurrte und fletschte die Zähne. Aber Bruder Franz sprach ruhig auf ihn ein, und da sagte der Wolf:
»Schon gut, schon gut. Laß gut sein, Bruder Franz!«
»Was soll gut sein, wenn es jemand gibt, der so böse ist wie du und der von nichts anderm lebt als von Raub und Mord.«
Mit rauher Stimme antwortete der Wolf: »Der Winter ist eiskalt, und es gibt nichts schrecklicheres auf der Welt als den Hunger. Ich habe schon monatelang

nichts zu fressen mehr. Und deshalb habe ich Schafe gerissen und die Hirten dazu, denn sonst hätten sie mich sicher erschlagen. Aber ich habe auch die feinen Herren gesehen, die mit ihren todbringenden Waffen hinter den Hirschen, Wildschweinen und Bären herjagen. Die hetzen und quälen die Tiere zu Tode, und hinterher lassen sie das gefühllose Geröhre ihrer Waldhörner erschallen. Sie haben viel mehr Tiere getötet, als sie überhaupt essen können. Und es war nicht der Hunger, der sie auf die Jagd trieb!«
Bruder Franz dachte nach, und dann versprach er dem Wolf, jeden Tag genug zu essen zu besorgen. Und das Unglaubliche geschah. Der Wolf lief mit ihm nach Hause. Er hörte zu, wenn Franz Lieder sang, und leckte ihm seine armseligen Sandalen, wenn er betete. Manchmal lief der Wolf auch in die Küche und spielte mit den Kindern. Aber eines Tages mußte Franz von zu Hause fort. Und der sanfte Wolf, der friedliche Wolf, der ehrliche Wolf, der gute Wolf verschwand. Er lief zurück in die Berge, und bald war er wieder genauso böse und grausam wie zuvor.
Als Bruder Franz ins Dorf zurückkam, liefen ihm die Leute wütend entgegen. Mit harten Worten erzählten sie alles, was passiert war. Bruder Franz ging sofort zur Höhle des Wolfes und stellte ihn zur Rede. Der Wolf hatte Schaum vor dem Maul, er fletschte die Zähne und blickte böse und dumpf zu Bruder Franz hinüber. Zuerst wollte er nicht reden. Aber dann fing er doch an:
»Ich habe alle Lebewesen wie meine Brüder behandelt ... die Ochsen, die Sterne und die Würmer. Und ich war immer gut zu den Menschen, so wie du es mir gesagt hast. Aber ich habe auch die Menschen näher kennengelernt, und ich habe gesehen, daß viele von ihnen böse sind ... Die Starken unterdrücken die Schwachen, und die Schlechten waren die Sieger. Und eines schö-

nen Tages fingen sie an, mich zu schlagen. Sie haben mir Fußtritte gegeben und haben mich davongejagt. Und dabei haben sie noch gelacht. Das Lachen schmerzte mich mehr wie kochendes Wasser. Und ich wurde wieder so grausam und böse wie zuvor. Ich lief zurück in die Berge, um mich zu retten. Ich begann, wieder zu töten, um nicht zu verhungern. Und in den Bergen will ich auch in Freiheit weiterleben. Geh du zurück zu den Menschen und folge deinem eigenen Weg!«

Bruder Franz sah den Wolf lange an und sagte nichts. Aber dann wandte er sich ab, und seine Augen füllten sich mit Tränen. Er flüsterte noch ein paar Worte, und der Wind trug die Worte empor und verwehte sie in der kalten Winterluft. Sein Herz war leer, und Bruder Franz fand keinen Trost. Dann lief er in den kalten Winterabend hinein nach Hause ...«

Hubert Schedel schwitzt. Er wischt sich den Schweiß von der Stirn. Draußen hört man das Klingeln eines Eisverkäufers.

»Die Geschichte ist zu Ende«, sagt Hubert Schedel, »und wißt ihr, wer sie geschrieben hat?«

»Sie ist aus Deutschland ... von früher. Ein Deutscher hat sie aufgeschrieben!« – Hubert Schedel lächelt. »Sie ist von Ruben Darío«, sagt er.

Diesen Namen kennen alle Schüler. Ruben Darío ist der berühmteste Dichter von Nicaragua und vielleicht von ganz Lateinamerika.

»Aber das Eis und der Schnee?« fragt einer.

»Die Geschichte spielt in Italien. Da gibt es Dörfer im Gebirge, wo der Winter sehr streng ist. Aber Ruben Darío hat sie für die Kinder von Nicaragua aufgeschrieben«, sagt Hubert Schedel.

Die Schüler machen sich Gedanken.

»Weil es um den Hunger geht. Bei uns gibt es viele Leute, die müssen hungern. Sie haben kein

gutes Leben, aber sie sind nicht böse«, sagt Carmen. »Es geht darum, wie es kommt, daß jemand böse ist. Man muß fragen, warum die Menschen böse waren und warum der Wolf böse war. Ich glaube, das ist nicht dasselbe. Manche Menschen haben doch die Tiere gehetzt und gequält und manche haben den Wolf fast erschlagen. Der Wolf hatte zuerst nichts als Hunger. Und die einen hatten zuviel und andere zu wenig zu essen«, sagt Manuel.
»Wer böse ist, der ist eben böse. Und warum, das ist doch egal. Wer böse ist, muß bestraft werden!« sagt Ronald.
»Aber nicht in der Geschichte. Manchmal weiß man nicht von Anfang an, wer böse und wer gut ist«, sagt Manuel ... Doch dann sind seine Gedanken schon wieder ganz woanders. Er denkt gar nicht mehr an die Geschichte. Manuel denkt an Jojo, an Jacobo und an die Schießerei. Und an das, was Don Pepe gesagt hat. Vielleicht waren die drei Männer gar nicht böse und haben Jojo erschossen. Vielleicht war alles umgekehrt. Warum sollte Jacobo ihm etwas vorlügen? Trotzdem ... die drei Männer waren Banditen. Wenn die nicht in den Pferdestall eingedrungen wären, würde Jojo jetzt noch leben. Manuel weiß nicht mehr so recht, was er von der ganzen Sache halten soll.
Da klingelt es, und die Schüler stürzen aus der Klasse. Hubert Schedel wischt sich zum letzten Mal den Schweiß von der Stirn und lächelt Manuel freundlich zu. Dann geht er langsam hinter den anderen Schülern her auf den Schulhof.

## 4. Von einem plötzlichen Entschluß

Manuel freut sich auf die nächste Stunde bei Hubert Schedel. Diesmal erzählt Hubert Schedel von Nicaragua. Vor zwei Jahren ist er von Deutschland in dieses Land gekommen. Aber er kennt sich schon ziemlich gut aus. Er erzählt von dem riesigen Vulkan Momotombo, von dem kleinen Vulkan Momotombito, von den rauhen Bergen im Norden und vom Nicaraguasee. Aber er redet auch von der Armut der Bauern und vom Padre Cardenal, der auf eine abgelegene Insel gegangen ist, um den Bauern zu helfen. Dann fragt Hubert Schedel nach den seltsamsten Tieren im Nicaraguasee. Ronald hat sofort den Finger oben. Manuel muß noch überlegen.

»Das sind die Süßwasserhaie«, sagt Ronald, »die einzigen Haie auf der ganzen Welt, die in einem Süßwassersee leben.«

Manuel ärgert sich, daß er das nicht selber gewußt hat. Eigentlich müßte er sowas doch viel besser wissen als Ronald. – Aber Manuel hatte sich eben immer mehr für andere Länder interessiert. Für die Länder, wo die Abenteuerfilme spielten. Für die Prärie, für Wolkenkratzer, für schnelle Pferde und schnelle Autos, für New York und die Rocky Mountains. Seine eigene Heimat war dagegen doch uninteressant. Sie kam auch selten in den Abenteuerfilmen vor.

Aber jetzt fängt Manuel an, sich dafür zu interessieren. Er erinnert sich plötzlich daran, was der alte Pferdeknecht Jacobo über den Bauerngeneral Sandino gesagt hatte. Und auch das, was Hubert Schedel in dieser Stunde erzählt, macht ihn neugierig.

Die Stunde ist fast zu Ende. Hubert Schedel wischt sich den Schweiß aus seinem immer etwas rötlichen Gesicht und sagt: »Und das ist alles Gottes Schöpfung. Den Menschen gegeben, damit alle darin glücklich werden können.«

»Aaameen!« singt Ronald hinter vorgehaltener Hand. Aber diesmal lacht niemand mit. Hubert Schedel beendet die Stunde, indem er leise und geheimnisvoll sagt: »Das nächste Mal sind die versteinerten Spuren von Acahualinca dran. Ihr werdet staunen!«

Auf dem Heimweg muß Manuel an die geheimnisvollen Worte von Hubert Schedel denken. Er weiß, in welcher Richtung Acahualinca liegt, und er weiß auch, daß dort die ärmsten Leute von Managua leben ... Leute, die nicht genug für sich und ihre Kinder zu essen haben. Leute, die keine richtigen Häuser haben, in denen sie wohnen können. Mehr weiß Manuel von Acahualinca nicht.

Aber die versteinerten Spuren lassen ihm keine Ruhe. Er will das nächste Mal mehr wissen als Ronald, gerade, wenn es um sein eigenes Land geht. Und da kommt ihm die Idee, nach Acahualinca zu fahren und die versteinerten Spuren zu suchen. Das nächste Mal wird er dann alles schon vorher wissen. Die anderen und erst recht Hubert Schedel werden staunen. Je länger Manuel nachdenkt, desto neugieriger wird er. Am nächsten Tag hat er schon um zehn Uhr Schule aus. Er zieht sich seine ältesten und abgerissensten Sachen an. Es ist besser, wenn da, wo er hinfährt, niemand merkt, wo er herkommt. Keiner wird ihn dann schief angucken.

## 5. Von falschen Spuren, die die Wahrheit sagen

Manuel steigt aus dem Bus. Als erstes sieht er eine riesige Fabrik. Es ist eine tote Fabrik. In den riesigen Fabrikhallen wachsen Büsche und hohes Gras. Die großen Glasfenster sind zerstört. Das halbe Dach fehlt. Sicherlich haben hier früher viele tausend Menschen gearbeitet. Jetzt arbeitet nur noch ein Mann hier und der arbeitet sehr gefährlich. Es ist ein Drahtsucher, der hoch oben auf dem zerstörten Dach Metallteile aus dem Beton schlägt.

Manuel läuft an der Fabrik vorbei. Er kommt an einen breiten, flachen Graben mit trübem, stinkendem Wasser. Links und rechts liegen Abfälle, durch die magere Ratten huschen. Ein alter Mann stochert mit einer langen Stange in einem Haufen Blechbüchsen.
»Versteinerte Spuren gibt es hier nicht«, sagt er, »hier stinkt und verfault doch alles. Hier versteinert nichts.« Dann stochert er weiter. Manuel fragt ein paar Kinder, die vor Löchern hocken, in denen sie Fliegen gefangen haben. Sie spielen 'Wer hat die meisten Fliegen im Loch?' Von den versteinerten Spuren wissen sie nichts. Manuel kommt zu den ersten Hütten von Acahualinca. Eine ist aus zerschnittenen Zementsäcken zusammengeflickt. Rechts davon sieht Manuel einen Zaun aus plattgedrückten Blechkanistern. Ein Hund läuft auf Manuel zu und hört nicht auf zu kläffen. Da kommt ein Mädchen um die Ecke und wirft mit einem Stein nach dem Hund. Der Hund verschwindet jaulend hinter einer Hütte. Manuel fragt das Mädchen, aber von versteinerten Spuren weiß sie nichts. Doch vielleicht wissen es ihre Brüder. Manuel läuft mit dem Mädchen an den Rand der Hüttensiedlung. Ihre Brüder sitzen auf halber Höhe in den Rippen eines riesigen Hochspannungsmastes.

»Er sucht versteinerte Spuren«, ruft das Mädchen hinauf.
Die beiden Jungen bereden etwas miteinander. Aber Manuel versteht nichts. Dann steigen sie hinunter. Der Hochspannungsmast ist ihr Kletterbaum. »Wir wissen, wo die Spuren sind«, sagen sie und führen Manuel wieder an den Kloakengraben zurück. Unten am Grabenrand ist eine breite Schlammfläche. Manuel kann nicht weiter. Der Gestank, der von unten hochkommt, ist fürchterlich.

»Komm runter«, sagt der eine Junge, »sonst siehst du nichts!«
Unten im Schlamm sieht Manuel tatsächlich Spuren. Es sind kleine und große Spuren von Menschen und alle laufen in eine Richtung. Aber daneben sind auch Spuren von Tieren. Sie könnten von Schweinen und Hunden sein. »Aber die sind doch nicht versteinert«, sagt Manuel enttäuscht. Er möchte weg. Die haben ihn doch nur reingelegt.
»Die Spuren sind von gestern«, sagt das Mädchen, »gestern waren die blauen Teufel hier, und die Leute sind geflüchtet wie die Kaninchen. Sie sind quer durch den Schlamm gelaufen, und alle in eine Richtung bis zum anderen Ufer.«
Manuel weiß nicht, wer die »blauen Teufel« sind.
»Bist du doof«, sagt das Mädchen, »das sind die Polizisten in den blauen Jeeps. Die heißen hier so. Die haben hier nach Sandinisten gesucht. Aber die blauen Teufel verprügeln auch Leute, die gar nichts damit zu tun haben. Und deshalb sind die Leute durch den Schlamm geflohen.«
Manuel schaut zu den Spuren hinunter. Viele Menschen müssen hier durchgelaufen sein und manche sind bis zu den Knien eingesunken. Alle wollten in eine Richtung, und der Schlamm und der Gestank war ihnen egal. Ihre Angst muß sehr groß gewesen sein. Manuel muß an die Erzählungen von Jacobo denken. Auch er hatte Tritte bekommen, und dabei war die Nationalgarde doch hinter den drei Männern her. Aber vielleicht hatten die Leute hier den Banditen geholfen, und das hatte Jacobo wirklich nicht getan.
»Komm mit«, sagt das Mädchen, »ich zeig dir unsere Hütte«. Die Hütte ist halb zerstört. Auch der kleine Vorgarten vor der Hütte. Der mühevoll zusammengeflickte Bretterzaun liegt verbrannt am Boden. »Nur wegen ein paar Wörtern«, sagt das Mädchen, »die ha-

ben sie hier an unseren Zaun gespritzt. 'VIVA SANDINO' war das. Und uns haben sie dafür bestraft.«

»Diese Banditen«, sagt Manuel.

»Genau. Und Somoza ist der Oberbandit«, sagt das Mädchen.

Manuel hatte das nicht so gemeint. Die Söhne Sandinos hatten doch die Leute mit ihren Wandparolen in Gefahr gebracht.

Manuel möchte jetzt lieber nach Hause. Er hat die Nase voll von dieser Gegend. Den Gestank riecht er immer noch. Und versteinerte Spuren gibt es hier nicht. Manuel hat sich die Spurensuche etwas anders vorgestellt ... mit weniger Gestank und viel abenteuerlicher. Schließlich denkt er gar nicht mehr an die versteinerten Spuren. Er möchte nur weg von hier.

Aber das Mädchen ist noch bei ihm. »Wir laufen zu Serafima«, sagt sie. »Wenn die es nicht weiß, weiß es niemand.« Serafima hat einen kleinen Kaufladen und weiß alles. Die Leute erzählen viel, wenn sie zum Einkaufen kommen. Und Serafima kann lesen und schreiben. Sie hat sogar einige Bücher.

»Du bist nicht von hier«, sagt Serafima als Manuel nach den versteinerten Spuren fragt, »das hört man sofort an deiner Sprache.«

»Er soll hier verschwinden«, ruft ein Mann vom Nachbargrundstück, »was hat der überhaupt hier zu suchen?«

»Dich geht das überhaupt nichts an!« ruft Serafima und dann flüstert sie dem Mädchen zu: »Dem tun die blauen Teufel nie was. Deshalb hat er einen so großen Rand.«

»Er sucht wirklich nach versteinerten Spuren«, sagt das Mädchen. Jetzt ist Serafima schon viel freundlicher. Sie überlegt lange hin und her. Endlich hat sie eine Idee.

»Das muß hinten am Bahndamm sein«, sagt sie, »da gibt es ein Museum. Wenn es hier solche Spuren gibt, dann ist es da!«
Aber das Mädchen muß weg. Ihre Mutter hat gerufen. Sie zeigt Manuel noch den Weg zum Bahndamm. »Wenn du nochmal kommst, laufen wir zusammen hin«, sagt sie und verschwindet.
Manuel ist wieder neugierig geworden. Jetzt will er die versteinerten Spuren doch sehen.

## 6. Von der Flucht vor dem Vulkan

An der Bahnlinie ist kein Museum. Manuel steht vor einem Grundstück, das von hohen Mauern umgeben ist. Dahinter sieht man ein Wellblechdach auf vier dikken Holzpfeilern. Das Tor ist verschlossen, aber daneben ist eine Klingel und über der Klingel steht tatsächlich 'Museum'. Manuel drückt den Klingelknopf. Hinter der Mauer ruft eine hohe, krächzende Stimme »Kanada ... Kanada«. Aber sonst rührt sich nichts. Manuel klingelt ein zweites Mal, aber diesmal länger. Hinter der Mauer fängt ein Hund an zu bellen. Wieder ruft die hohe krächzende Stimme: »Kanada ... Kanada!« – Aber jetzt hört Manuel auch schlurfende Schritte. Manuel wird freundlich empfangen. Der Museumswärter ist froh, daß er endlich wieder einen Besucher hat, dem er alles über die versteinerten Spuren erzählen kann ... Unter dem Wellblechdach stellt er sich in Positur. Die versteinerten Spuren sind unter dem Dach in einer tiefen Ausgrabung. Es sieht aus, als seien da unten alle möglichen Lebewesen durch graugrünen Schlamm gelaufen.

»Was Sie hier sehen, ist eine archäologische Sensation«, sagt der Museumswärter. »Die inzwischen versteinerten Spuren sind ganze sechstausend Jahre alt. In einem Laboratorium in Kanada ...«

»Kanada ... Kanada!« ertönt wieder die krächzende Stimme. Manuel dreht sich um. Er sieht einen großen grünen Papagei, der in einem Eisenring vor der Hütte des Museumswärters sitzt. Neben ihm schläft ein Schäferhund. Weiter hinten hat sich der Museumswärter einen geheimnisvollen kleinen Garten mit großen grünen Pflanzen angelegt. Mitten in diesem Garten steht ein indianischer Götterstein.

»In einem Laboratorium in Kanada wurde alles genauestens überprüft. Und welches Land hat schon derartige archäologische Reichtümer wie wir?« »Kanada ... Kanada!« ruft der Papagei. Der Museumswärter läßt sich nicht stören. Er erzählt alles ganz genau:
»Da, wo dieses Museum heute steht, war vor sechzig Jahren ein Steinbruch. Hier wurden in mühevoller Arbeit die Steine für die prunkvollen Gebäude in Managua gebrochen. Eines Tages entdeckten die Arbeiter – als sie wieder einmal durch eine besonders harte Gesteinsschicht gestoßen waren – Fußspuren von Lebewesen. Eigentlich waren die Spuren gar nichts besonderes. Niemand wußte wie alt sie waren, und außerdem sahen sie aus, als seien sie erst gestern entstanden. Aber dann überprüfte man ihr Alter, und die Wissenschaftler fingen an, die Spuren zu studieren. Die Spuren begannen, etwas von den ersten Menschen von Nicaragua zu erzählen ...
Alle Spuren führen in eine Richtung. Keine einzige läuft zurück. Alle Spuren führen in Richtung See ... weg vom Vulkan. Man sieht es genau. Es ist eine einzige große Flucht zum See. Die Menschen müssen durch den noch weichen Lavaschlamm gelaufen sein, um ihr Leben zu retten. Hinter ihnen tobte der Vulkan. Es gibt kleine, nur wenig eingedrückte Spuren. Das waren die Kinder. Und es gibt große Spuren. Das waren die Erwachsenen. Manche von ihnen sind tief eingesunken. Das waren die Mütter, die ihre Kinder trugen, oder die Männer, die Geräte und Felle mit sich schleppten. Aber nicht nur die Menschen waren auf der Flucht. Zwischen den Menschenspuren finden sich plötzlich Spuren von Bibern, von Hirschen, von Koyoten und sogar von Auerochsen. Die Menschen damals waren kleiner als die heutigen Menschen. Aber sie müssen sehr stark und ausdauernd gewesen sein. Außer dem, was die Spuren erzählen, weiß man nichts

von ihnen. Ihre Sprache, ihre Gebräuche, ihre Lebensformen, all das ist völlig unbekannt. Nur die Spuren im Lavaschlamm sind übriggeblieben. Später waren die Spuren unter vierzehn verschiedenen Schichten aus Stein, Schlamm, Asche und Erde begraben. Und jetzt sieht man sie hier im hellen Tageslicht. Frisch wie am ersten Tag!«

»Kanada ... Kanada!« ruft der Papagei. Der Vortrag ist beendet. Manuel bedankt sich, sagt »auf Wiedersehn« und läuft zur Bushaltestelle.

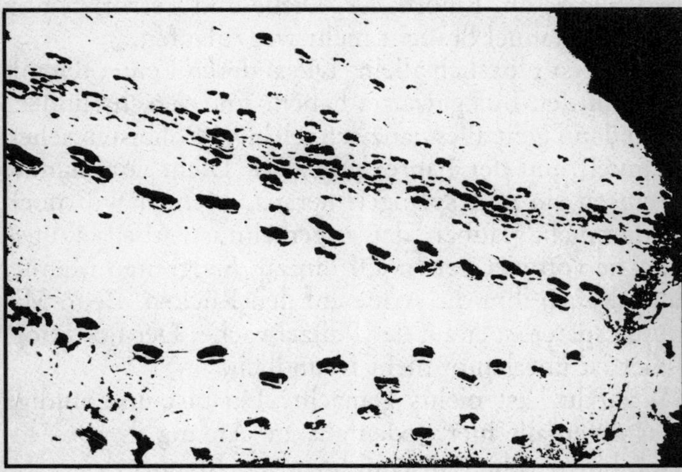

## 7. Von den »blauen Teufeln«

Der Bus kommt nicht. Dafür aber ein dunkelblauer Jeep mit vier Polizisten. Manuel sieht ihn schon von weitem. Er sieht auch, daß Kinder auf der Straße vor den Polizisten weglaufen und sich in den Hütten verstecken. Die Polizisten sind schwer bewaffnet. Manuel hat eigentlich keine Angst vor der Polizei, denn die ist ja dazu da, um Einbrecher, Diebe und Terroristen zu fangen. Manuel braucht nicht wegzulaufen.
Aber er ist plötzlich allein. Die anderen Leute, die mit ihm auf den Bus gewartet haben, sind verschwunden. Und dann geht alles ganz schnell. Die Polizisten sehen Manuel, und der Fahrer gibt Gas. Dicht vor Manuel bremsen sie und springen heraus. Manuel will noch immer nicht glauben, daß er gemeint ist. Aber jetzt gehen sie von vier Seiten auf ihn zu. Sie greifen Manuel und drehen ihm die Arme auf den Rücken. Zehn Minuten später ist er auf der Polizeiwache. Der Polizeioffizier ist überhaupt nicht freundlich.
»Was, du hast nichts gemacht? Du bist unschuldig? Das sagen alle hier. Jedenfalls am Anfang.«
»Ich bin wirklich unschuldig«, sagt Manuel.
»Dann sag uns ehrlich, wo du herkommst, und hör auf zu lügen!«
»Das hab ich doch schon gesagt. Ich komme aus Bolonia.«
»Das kannst du deiner Großmutter erzählen. Aber hier glaubt dir das keiner. Guck doch mal deinen Aufzug an. Meinst du, so laufen die Leute in Bolonia rum? Also nochmal: Wem solltest du die Botschaft bringen?«
»Welche Botschaft?« Manuel weiß wirklich von nichts.

»'Die versteinerten Spuren', das war doch die Botschaft, die ihr verschlüsselt habt. Glaub ja nicht, wir kriegen das nicht raus. Also, was steckt dahinter? Wenn du uns sagst, wem du die Botschaft überbringen solltest, bist du im Handumdrehen frei. Wenn nicht, gibt es auch noch andere Mittel.«
Die letzten Worte hat der Polizeioffizier fast gebrüllt. Wie auf Kommando öffnet sich jetzt eine Tür im Nebenraum. Manuel sieht drei Polizisten, die lange schwarze Schlagstöcke in der Hand haben. Sie sitzen da, als würden sie auf Arbeit warten. Manuel merkt, daß es ernst wird, sehr ernst.
»Die versteinerten Spuren gibt es wirklich. Sie sind im Museum.«
»In Acahualinca gibt es kein Museum und keine versteinerten Spuren.«
Der Polizeioffizier lacht. »Ein Museum in Acahualinca, das wäre das letzte. Da kann doch kaum einer lesen und schreiben.«
Mensch, ist der doof, denkt Manuel. Aber er sagt nichts. Er erzählt weiter von den versteinerten Spuren.
»Du weißt eine Menge, Bürschchen, hast du das auf der Schule gelernt?«
»Nein, aber ich geh in Santa Maria in die Schule!« –
»So, sehr interessant. Dann kannst du ja sicherlich auch lesen und schreiben. Schreib doch mal auf diesen Zettel 'WER LÜGT, MUSS HART BESTRAFT WERDEN!«
Manuel schreibt. Das verändert die Situation. Der Polizist staunt.
»Und in den Klamotten gehst du nach Santa Maria auf die Schule. Das glaubst du doch selbst nicht. Aber wenn du in Bolonia wohnst, habt ihr doch sicher auch Telefon. Sag mir doch mal die Nummer!«
Manuel nennt die Nummer. Der Polizeioffizier telefoniert. Er hat sofort Anschluß. Er beschreibt, wie Ma-

nuel aussieht. Dann fängt er an, sich zu entschuldigen. Wie freundlich und höflich er plötzlich sein kann.
»Wir bringen ihn gleich nach Hause, Señora. Sonst passiert ihm noch was. In einem Viertel wie Acahualinca geht das ganz schnell. Wissen sie, wir haben einen gesucht, der Botschaften für die Aufrührer überbringt, und angeblich sollte es ein Junge sein. Solche Verwechslungen kommen schon mal vor.«
Der hat gut reden, denkt Manuel. Dann wird er nach Haus gebracht. Von dem Polizeioffizier persönlich.
»Aber das mit dem Museum stimmt wirklich. Es ist hinten am Bahndamm«, sagt Manuel, »und da sind auch die versteinerten Spuren.«
»Das ist nicht mein Distrikt«, sagt der Polizeioffizier.
Im Boloniaviertel ist die Welt wieder in Ordnung. Manuels Mutter bedankt sich bei dem Polizeioffizier. Der entschuldigt sich bei Manuels Mutter. Aber sie soll mehr auf Manuel aufpassen. Bei Manuel entschuldigt er sich nicht.
Manuel ist froh, als er den blauen Jeep von hinten sieht. Dann erzählt er Gladys alles, was er erlebt hat. Von den alten und von den neuen Spuren im Schlamm.
Manuels Mutter nickt.
»Wir leben in einem unglücklichen Land«, sagt sie, »ich weiß nicht, wie das alles noch einmal enden soll.«
Solche Worte hat Manuel noch nie von seiner Mutter gehört.

# 8. Vom Kraterkessel und den Papageien

Hubert Schedel staunt. Manuel weiß alles über die versteinerten Spuren. Aber von den 'blauen Teufeln' erzählt er nichts. Irgendwie ist ihm die Sache unangenehm. Trotzdem wünscht er sich, daß der nächste Schulausflug nach Acahualinca gemacht wird. Aber Ronald möchte lieber einen richtigen Vulkan sehen. Für Kloaken, Abfallhalden und armselige Hütten interessieren sich auch die anderen nicht. Selbst wenn ein interessantes Museum danebensteht. Deshalb fahren sie zum Vulkan von Masaya.

Man sieht den Vulkan schon von weitem: Eine große dunkelgrau aufgetürmte Rauchfahne, die von einer durch die grünen Hügel dampfenden Riesenlokomotive stammen könnte. Auf einer schmalen Asphaltstraße geht es bergauf. Plötzlich sieht man rechts und links keine Erde mehr, nur noch dunkelblaue Lavaschlacke. Aber auf der Lavaschlacke wachsen Pflanzen, besonders grüne und schöne sogar. Auch die Nationalpflanze von Nicaragua, die 'Sacuanjoche' heißt, ist dabei.
Der Kraterkessel ist schauerlich tief. Unten in der Mitte des riesigen Kessels ist ein großes Loch, aus dem immer wieder hell- und dunkelgraue Rauchwolken aufsteigen. Und aus diesem Loch kommt ein eigenartiges Donnern, Brodeln und Zischen ganz aus der Tiefe der Erde. Die unheimlichen Geräusche werden von dem Kraterkessel wie in einer gigantischen Muschel verstärkt. Manchmal sind die Geräusche nah und bedrohlich, manchmal leise und verhalten. Das Loch sieht aus wie der Eingang zur Hölle. Rundherum ist es ziemlich finster aber innendrin brodelt die Höllenglut.
Zuerst stehen alle nur da und staunen. Aber dann wollen sie die verschiedensten Dinge über den Vulkan wissen. Die Lehrerin erzählt: »Der Vulkan ist schon sehr alt. Ganz früher lebten hier Indianer. Die glaubten, daß die Vulkane die gewaltigen Sprachrohre der Götter sind. Sie brachten den Göttern Opfer und stiegen tief in den Kraterkessel hinab. Manche glaubten auch, daß im Krater eine geheimnisvolle schwarze Alte lebte, die Lavaausbrüche und Erdbeben voraussagen konnte. Sie soll die Indianer auch zum Kampf gegen die Spanier aufgerufen haben.
Die Spanier wußten, daß es keine Erdgötter gab. Aber sie täuschten sich genauso wie die Indianer. Als sie zum ersten Mal am Rand des Vulkans standen und das Leuchten der Glut in der Tiefe sahen, dachten sie nur an eins, an Gold. Sie glaubten vor der größten Gold-

quelle Amerikas zu stehen. Sie kletterten die halsbrecherischen Steilwände hinunter und versuchten, an das flüssige Gold heranzukommen. Aber das, was zuerst wie Gold aussah, verwandelte sich an der frischen Luft schnell in blau-schwarzes brüchiges Gestein ohne jeden Wert...«

Plötzlich hören die Schüler hinter sich schrille Schreie, und da schießt eine ganze Schar von kleinen grünen Papageien dicht über ihre Köpfe hinweg. Die Papageien fliegen ahnungslos und schnell in den riesigen Vulkankessel und dann im Sturzflug auf das donnernde und brodelnde Kraterloch zu.

»Die stürzen sich alle ins Feuer«, sagt Manuel.

Die Papageien fliegen immer noch auf das Kraterloch zu. Jetzt sieht man sie nur noch als kleine grüne Punkte vor den grauschwarzen Rauchwolken. Aber kurz vor dem Loch drehen die Papageien ab und gleiten schräg nach links an einer Steilwand hoch. Zum letzten Mal sieht man die grünblitzenden Punkte, dann verschwinden sie in einer dunklen Felsspalte.

»Aber da sind noch welche«, sagt Mario.

»Und da auch. Und da ist ein ganzer Schwarm.«

Jetzt sahen sie überall die kleinen grünen Papageien. Manche sitzen ruhig und still auf Felsvorsprüngen. Manche kreisen mit schrillen Schreien hoch über dem Vulkankessel, und wieder andere stürzen sich von oben in den Krater hinunter.

Die Schüler stehen da und staunen.

»Warum die das wohl machen?«

»Vielleicht ist es eine Mutprobe?«

»Oder vielleicht können sie ihre Stimmen hier ganz laut hören und sie schreien vor Freude!«

»Ich glaube, der Kraterkessel ist für die Papageien der sicherste Ort der Welt. Hier sind sie vor allen ihren Feinden sicher. Irgendeiner von ihnen muß das mal entdeckt haben, und jetzt machen sie es alle.«

»Und was ist, wenn der Vulkan ausbricht?«
»Dann merken das die Papageien zuerst und fliegen ganz schnell weg.«
»Aber warum haben wir die Papageien nicht schon früher bemerkt?«
»Wir haben immer nur auf das Loch gestarrt. Auf den Eingang zur Hölle. Wenn man sich gruselt, sieht man so kleine grüne Punkte nicht. Selbst, wenn sie laut schreien.«
Manuel schaut noch einmal auf die vielen dahinsausenden grünen Punkte. Jetzt, wo die Sonne untergeht, leuchten sie besonders schön. Hinter dem Vulkan sieht man die grünen Hügel und dann die Berge. Nach vorne hinaus kann man weit in die Ebene, auf die vielen fruchtbaren Felder, auf die Siedlungen, Wege und Baumgruppen schauen. Und man sieht, wie unterschiedlich grün die Landschaft ist...
Da ist das Grün der Bananenplantagen, das Grün der Zuckerrohr- und das Grün der Baumwollfelder. Man sieht den Managuasee in der Ferne und ganz hinten am Horizont eine Gebirgskette mit neuen Vulkanen. Manuel merkt, wie schön dieses Land ist. Vielleicht sogar schöner als andere Länder, in denen es keine grünen Papageien gibt, die todesmutig durch riesige Kraterkessel fliegen, und keine leuchtenden Blumen, die auf schwarzer Lavaasche wachsen.

# 9. Vom Land der Vulkane und vom Land der Anfänge

*Nicaragua ist das Land der Vulkane und das Land der Anfänge. Überall im Land sieht man die Rauchfahnen der feuerspeienden Berge. Manche erheben sich aus weiten Ebenenen, andere aus Hügellandschaften und Gebirgsketten. Viele Vulkane haben indianische oder halbindianische Namen. Sie heißen: MOMOTOMBO, MONOTOMBITO, TELICA, SANTIAGO, CHONCO und CERRO NEGRO. Schon lange haben die Vulkane das Leben der Nicaraguaner bestimmt. Immer wieder war die Erde in neuer Bewegung. Niemals kam sie vollständig zur Ruhe. So wie die Erde waren auch die Menschen in Nicaragua in ständiger Bewegung.*

*Nicaragua ist aber auch in ganz verschiedener Hinsicht ein Land der Anfänge: Vor einigen Jahren entdeckte*

*man, daß die Entstehung des Lebens auf der Erde mit der Tätigkeit der Vulkane zusammenhängt. Seit Urzeiten waren Gaswolken und Lavamassen aus der Tiefe der Erde emporgestiegen, und dadurch wurde erstes Leben auf unserem Planeten ermöglicht.*

*Durch einen wissenschaftlichen Versuch wurde diese Annahme bestätigt. Zerkleinerte Lava – eine absolut tote Materie – wurde auf tausend Grad Celsius erhitzt. Dann ließ man verschiedene Gase durch die Lava strömen. Nachdem sich die Lava wieder abgekühlt hatte, fand man tatsächlich verschiedene organische Stoffe. Aus toter Materie waren lebendige Substanzen geworden.*

*Die Vulkane sind also nicht nur Zeichen für Zerstörung und Tod. Sie sind auch Zeichen für den Anfang des Lebens. In Nicaragua, dem Land der Vulkane, vollziehen sich solche Lebensanfänge heute noch und immer wieder. Auf dem scheinbar so toten Lavagestein erproben die ersten Flechten und kleinen grünen Pflanzen heute wie vor tausend Jahren den Anfang der lebendigen Welt.*

*Auch in geographischer Sicht ist Nicaragua ein Land der Anfänge. Manche nordamerikanischen Pflanzen und Tiere haben hier ihr südlichstes Ausbreitungsgebiet. Aus diesem Blickwinkel gesehen, fängt Nordamerika in Nicaragua an. Umgekehrt ist dieses Land aber auch das nördlichste Verbreitungsgebiet bestimmter südamerikanischer Pflanzen- und Tierarten. Auch Südamerika hat so in Nicaragua seinen Anfang.*

*Nur im politischen Bereich galt Nicaragua lange Zeit als totes, bewegungsloses Land. Über vierzig Jahre herrschte hier diktatorisch und scheinbar unangefochten die Familie Somoza. Ein neuer Anfang konnte erst nach dem Sturz der Somoza-Diktatur gemacht werden.*

## 10. Vom Ende Somozas und dem »Feldzug gegen die Unwissenheit«

Manuel ist bei den Kämpfen gegen Somoza und seine Nationalgarde nicht dabei. Er hilft auch nicht – wie viele andere Kinder in seinem Alter – als Kundschafter, Beobachter, Barrikadenbauer und Essenholer. Manuel lebt die ganze Zeit bei seiner Familie in Bolonia, einem ruhigen und vornehmen Viertel von Managua. In der Hauptstadt ist es bis zum Schluß einigermaßen ruhig geblieben. Es hat keine heftigen Häuser- und Barrikadenkämpfe gegeben wie in anderen großen Städten des Landes.

Manuel erfährt das meiste über die Kämpfe aus Zeitungen, Rundfunknachrichten und aus dem Fernsehen. Sein Vater ist Rechtsanwalt und öfter im Ausland. Aber das letzte Jahr vor dem Sturz Somozas bleibt er bei seiner Familie. Manuel weiß, daß sein Vater und seine Mutter auch gegen die Diktatur sind. Als Somoza endlich flieht, sind sie genauso glücklich wie Manuel. Aber von dem Bauerngeneral Sandino will sein Vater nicht viel wissen. »Das war ein Träumer«, sagt er. »Unser Land muß demokratisch werden, so wie England und Frankreich. Da ist eine Diktatur einfach unmöglich!«

Manuel und seinen Eltern ging es unter Somoza eigentlich nicht schlecht. Sein Vater verdiente gut. Manuel konnte auf eine teure Schule gehen. Und wenn die Schule aus war, lief er in den Tennisclub, zu Jojo oder ins Kino – je nachdem wozu er Lust hatte. Seine Mutter brauchte sich nicht um die Küchenarbeit zu kümmern. Das machte das Hausmädchen.

Aber Manuel hat seine eigenen Erfahrungen gemacht.

Auf der Hazienda von Don Pepe fing es an. Die zerstörten Hütten und die Spuren in Acahualinca hat er seitdem nicht vergessen. Auch über die Erzählungen von Jacobo hat er lange nachgedacht. In der Schule gab es nur einen Lehrer, an den er sich gern erinnerte. Das war Hubert Schedel. Aber Hubert Schedel war nicht lange an der Schule geblieben. Eines Tages wurde er einfach versetzt. Sein Religionsunterricht sei sowieso kein richtiger Religionsunterricht gewesen, sagte der Direktor. Religion habe doch nichts mit Politik zu tun. Hubert Schedel sei jetzt Pfarrer in einer großen Hafenstadt. Da müsse er wieder mehr in die Bibel gucken.

Ein Jahr später wurde die ganze Schule geschlossen. In großen Teilen des Landes hatte Somoza bereits nichts mehr zu sagen. Manuel war jetzt ganz für die Söhne Sandinos und seine Eltern ganz gegen den Diktator Somoza. Er hatte sandinistische Flugblätter gelesen und oft den Sender der Widerstandsbewegung gehört. Über jeden Sieg freute er sich, und jede Niederlage war schlimm. Mit einem Gewehr konnte er nicht umgehen. Er hatte auch keine Lust zu schießen.

Der Krieg war schrecklich für beide Seiten. Manuel wünschte sich, daß Somoza fliehen, das Töten aufhören und endlich alles friedlich geregelt würde. Aber Somoza floh nicht und das Töten ging weiter. Manchmal wünschte sich Manuel auch, bei den Kämpfen dabei zu sein. Wenn das viele machen würden, wäre der Krieg vielleicht schneller zu Ende. Wenn die Söhne Sandinos in solchen Augenblicken zu ihm gekommen wären, wäre er mitgegangen. Aber sie kamen nicht. Er sah sie erst, als sie in Managua einzogen. Die ganze Stadt hatte ihnen zugejubelt. Einige von den Kämpfern hatten sogar in Manuels Haus übernachtet. Es waren Verwandte vom Hausmädchen. Die Abende reichten

nicht aus für ihre Erzählungen. Manuel wünschte sich jetzt immer mehr, selbst dabeigewesen zu sein.
Der Sieg über Somoza hatte auch in der Küche etwas verändert. Manuels Mutter half dem Hausmädchen. Jeden Tag mußten viele Gäste bewirtet werden. Trotzdem blieb das Hausmädchen das Hausmädchen. Und auch Don Pepe blieb derselbe. Er war stolz darauf, nicht geflohen zu sein.
Manuel war die letzten zwei Jahre nicht aus Managua herausgekommen, nicht mal auf die Hazienda in San Lorenzo. Er hatte sich ganz an das Stadtleben gewöhnt. Das war bequem und ruhig. Nur abenteuerlich und abwechslungsreich war es nicht.
Die neue Regierung, die aus Mitgliedern der sandinistischen Befreiungsfront und aus anderen Politikern besteht, organisierte schon mehrere Monate nach dem Sieg über Somoza den »Feldzug gegen die Unwissenheit«. Sie erinnerte sich daran, daß im Heer des Bauerngenerals Sandino den Campesinos in den Kampfpausen das Lesen und Schreiben beigebracht worden war. Und Carlos Fonseca Amador, der Jahre nach dem Tode Sandinos die sandinistische Befreiungsfront gründete, hatte im selben Sinne gesagt: »Und bringt ihnen auch Lesen und Schreiben bei!«
Jetzt war nach mehr als vierzigjährigem Kampf der Sieg mit Waffen errungen. Aber der Sieg würde erst vollständig sein, wenn alle an der Erneuerung Nicaraguas teilnehmen könnten, auch die Campesinos in den abgelegenen Winkeln des Landes. Insbesondere für sie wurde der »Feldzug gegen die Unwissenheit« organisiert. Das war ein unglaubliches Wagnis, denn Nicaragua war noch halb zerstört und es fehlte an Geld und Material. Auch viele Schulen waren zerstört. Aber die Anhänger Sandinos machten ihr Versprechen wahr. Und dabei bekamen sie Hilfe aus aller Welt. Auch aus der Bundesrepublik wurden für diesen »Feldzug«

Geld, Bleistifte, Papier und andere nützliche Dinge geschickt. Anders als unter Somoza kam das alles jetzt wirklich dem Volk zugute.
Manuel ist bei diesem friedlichen Feldzug von Anfang an dabei. Jetzt kann er endlich auch in den Kampf ziehen. Nicht mit dem Gewehr, sondern mit Bleistift und Papier. Damit kann er ja umgehen. Obwohl er noch sehr jung ist, hat er den Vorbereitungskurs geschafft, und bei der Anmeldung hat er Glück gehabt. Manuel ist froh, daß es endlich los geht.

# III.

# Die Fahrt über den großen Nicaraguasee

# Die Fahrt
# über den großen
# Nicaraguasee

# 1. Vom Pfeifervogel und einer nächtlichen Begeisterung

Alle sitzen schon auf dem Lastwagen. Aber sie müssen noch eine ganze Stunde warten. Da, wo die Sonne untergegangen ist, leuchtet noch immer ein gewaltiges Wolkenabendrot über den Himmel. Die hohen Pal-

men stehen schwarz davor. Man sieht ihre Umrisse ganz genau. Eine von ihnen hat keine Blätter mehr. Sie erinnert an eine lange, eigenartige Betonplastik. Daneben stehen Telegrafenmasten. Die sehen ganz normal aus. Und Manuel schaut auch nur hin, weil er gerade nichts besseres zu tun hat. Nur die Porzellanspulen, an denen sonst die Telegrafendrähte befestigt sind, sehen merkwürdig aus. Sie scheinen Schnäbel zu haben. Und da dreht doch tatsächlich die eine Porzellanspule ihren Kopf nach rechts. Und dann die andere auch...

Es sind Vögel, die Manuel eigentlich schon lange kennt. Aber so hat er sie noch nie gesehen. Sie sind in Managua fast so häufig wie die Spatzen. Sie bauen hoch oben auf den Palmen ihre Nester. Sie balgen sich auf den Straßen. Sie pfeifen und schäkern im Gebüsch. Sie flattern mit ihren langen Schwänzen quer über die Stadt. Sie sind schwarzgrau und nicht besonders schön. Aber sie sind überall und immer aufgeregt und lebendig. Es sind die Pfeifervögel, die Zanates Clarineros. Und diese Vögel gibt es nur in Nicaragua, sonst nirgendwo auf der Welt.

Ein Lastwagen ist kein Omnibus. Und manche Straßen sind keine Straßen. Auch in Managua. Manuel hält sich an seinem Nachbarn fest und der mit seiner ganzen Kraft am Seitengeländer. Der Fahrer gibt Gas, als wollte er Weltmeister im Geländefahren werden. Aber er will nur Anschluß zu den anderen Wagen bekommen, die schon losgefahren sind. Dann fängt es auch noch zu regnen an. Es gießt, als würden hoch oben in den Wolken dauernd tausende von vollen Wassereimern umgekippt. Ein schöner Anfang ist das! Manuel wird patschnaß. Aber zum Glück regnet es nicht lange. Und der Regen macht ihnen gerade jetzt nicht viel aus. Manuel ist genauso aufgeregt und froh wie die anderen. Sie singen, lachen, klatschen in die Hände und rufen alle zusammen die Losungen für den Feldzug.

Eine lange Schlange von Lastwagen kommt jetzt aus Managua heraus und bewegt sich weiter in Richtung Masaya.
Inzwischen ist es ganz dunkel geworden, und als sie am Vulkan von Masaya vorbeifahren, ist der Mond aufgegangen. Die riesige Rauchfahne sieht jetzt noch größer und gespenstischer aus als am Tage. – Dann erreichen sie Masaya. Mitten in der Nacht stehen die Leute an der Straße. Sie winken und rufen:
»Machts gut da unten und kommt gesund wieder!«
Eine Frau steht mitten in ihrer Kinderschar und ruft:
»Gute Fahrt und laßt euch nicht von den Brüllaffen holen! Gute Fahrt, wir sind immer bei euch!« Ihre Kinder reiben sich noch den Schlaf aus den Augen und winken ganz langsam mit.
Ein kleiner dicker Mann auf einem Fahrrad ohne Schutzbleche versucht mit dem Lastwagen Schritt zu halten und ruft, so laut er kann:
»Wo ist noch ein Platz für mich und meinen Drahtesel. Wir wollen auch dabei sein!« Dabei reckt er die geballte Faust so hoch es nur eben geht. Daß er nicht auf die Nase fällt, ist ein Wunder. Es sieht aus, als habe er seine Grußparade extra eingeübt. Immer mehr Menschen stehen an der Straße. Ganz Masaya scheint auf den Beinen zu sein.
Manuel ist von der Herzlichkeit der Menschen begeistert. Eine wildfremde Frau hat ihm die Hand geschüttelt und ihm viel Glück gewünscht. Und dann hat sie einen großen Korb mit zuckersüßen Mangos hochgereicht.
Hinter Masaya ist es still auf dem Lastwagen geworden. Manche versuchen zu schlafen. Bis Granada ist es noch eine halbe Stunde. Dort werden sie vom Lastwagen aufs Schiff umsteigen und über den großen Nicaraguasee fahren. Auf dem ersten und auf dem letzten Lastwagen sitzen Milizsoldaten mit ihren Gewehren.

Man fürchtet Überfälle von ehemaligen Nationalgardisten, die mit ihren Waffen untergetaucht sind. – Die Lastwagen kommen an eine Kreuzung. Auf einem Schild steht: »NICINOHOMO 13 km«.
»Da ist Sandino geboren«, sagt ein junger Mann mit kurzen schwarzen Haaren und zeigt auf das Schild. »Sandino mußte schon als kleiner Junge viel durchmachen. Vielleicht wäre er sonst nicht so geworden, wie er geworden ist.« – »Wie meinst du das?« fragt Manuel. Der junge Mann gibt eine lange Antwort. Er muß laut reden, denn der Fahrtwind stürmt um ihre Köpfe und saust in ihren Ohren. Aber nicht nur Manuel, auch die anderen hören zu.

## 2. Was Sandino als Kind erlebte

»Sandino hatte indianisches Blut in den Adern. Aber er hat sich deswegen nicht geschämt. Im Gegenteil, er war stolz darauf. Schon als Kind lernte er das Leben der Armen kennen. Sandinos Mutter war als Kaffeepflückerin auf die Plantage von Don Gregorio, einem reichen Gutsbesitzer, gekommen. Sie war eine schöne Frau und Don Gregorio hat sich in sie verliebt. Die Kaffeepflückerin hat ein Kind bekommen, und Don Gregorio war der Vater. Und aus diesem Kind ist später der Bauerngeneral Sandino geworden. Don Gregorio hat Sandinos Mutter sitzengelassen und hat die Tochter eines anderen Gutsbesitzers geheiratet. Der kleine Sandino durfte zwar im Haus seines Vaters wohnen, aber er mußte dafür hart arbeiten, genau wie seine Mutter. Er hatte keine Zeit, um zu spielen und durch die Wälder zu streifen. Er mußte schon als Kind ein Arbeiter sein. Und mit neun Jahren war er zum ersten Mal im Gefängnis.

Wie alle Landarbeiter damals bekam auch seine Mutter einen Geldbetrag im voraus für ihre Arbeit. Dieses Geld mußte sie dann abarbeiten. Wer das nicht konnte, kam ins Gefängnis. Sandinos Mutter hatte ihren Vorauslohn bisher immer abgearbeitet. Aber einmal konnte sie nicht. Sie war schwanger geworden und noch dazu krank. Kein Arzt half ihr. Sie wurde ins Gefängnis geworfen, weil sie nicht mehr arbeiten konnte. Und den Jungen haben sie gleich mit hinter Gitter gesteckt. Und so hat er mit neun Jahren zum ersten Mal im Gefängnis gesessen.

Seine Mutter ist immer schwächer geworden und hat ein totes Kind zur Welt gebracht. Es war niemand da,

der ihr helfen konnte. Der Junge mußte mit ansehen, wie seine Mutter verblutete und tot aus der Zelle getragen wurde.
Was war schon das Leben einer indianischen Landarbeiterin wert? Überhaupt nichts. Und für den Jungen muß das schrecklich gewesen sein. Sicherlich hat er seine Mutter geliebt. Und sie hat ihn ernährt und geschützt. Und jetzt mußte er mit ansehen, wie seine Mutter einfach hinausgetragen wurde. Auf nimmer Wiedersehen. Vielleicht hat Sandino damals noch nicht alles verstanden. Aber sicherlich hat er gefühlt, daß das Leben auf dieser Erde für die Armen oft die Hölle ist. Und vielleicht ist von diesem Moment an ein Entschluß in ihm herangereift. Der Entschluß, für ein Miteinanderleben der Menschen zu kämpfen, in dem solche Quälereien und ein solcher Tod einfach nicht mehr möglich sind.«

## 3. Von Manuels Traum im Hafen von Granada

Inzwischen haben die Lastwagen Granada erreicht. Sie fahren bis hinunter zum Hafen. Das Schiff geht erst am nächsten Tag. Wann, weiß noch niemand genau. Bis zum Morgen sind es noch einige Stunden. Die leeren Lastwagen fahren zurück nach Managua. Einige Fahrer hupen und winken. Dann ist es plötzlich sehr still in dem kleinen Hafen. Auf einem mit Gras bewachsenen Platz unter großen alten Bäumen machen sich alle ihre Schlafplätze zurecht. Die meisten sind erschöpft und schlafen schnell ein. Nur die Milizsoldaten vorne an der Hafenmole bleiben auf und halten Wache.

Manuel hat einen eigenartigen Traum ... Er träumt von seiner ersten Unterrichtsstunde. Alte Männer mit Strohhüten, Frauen in pechschwarzen Kleidern und einige Kinder sitzen im Halbkreis vor einer Bauernhütte. Als Manuel mit dem Unterrichtsgerät kommt, fragt ihn ein alter Bauer:

»Wann kommt denn eigentlich unser Lehrer, Kleiner?«

»Ich bin der Lehrer«, sagt Manuel.
»Waaas?« schreit der Bauer und fängt an zu lachen. Alle anderen lachen mit. Fürchterlich laut.

»Ich habe alles dabei ... die Bücher und auch die Lampe!« sagt Manuel ängstlich. Die Leute lachen noch lauter. Das Gesicht des Bauern wird immer größer und bedrohlicher. Manuel möchte weglaufen, aber er kann nicht. Die Leute bilden eine undurchdringliche Mauer rund um ihn herum.

»Scheißerle will Lehrer sein und ist dafür doch viel zu klein«, singen die Jungen. Ein Mädchen spuckt Manuel auf die Füße. Die Spucke brennt wie Feuer. Sie verwandelt sich in einen Skorpion, der ihm langsam über die Zehen kriecht. Manuel kann nicht schreien. Er ist vor Schreck gelähmt. Jetzt öffnet sich der Kreis. Manuel sieht einen Bauern, der Saatlöcher gräbt, in die er Bleistifte einpflanzt. Daneben brennt ein Feuer aus unbenutztem Schreibpapier. Ein kleiner dicker Mann mit einem Fahrrad ohne Schutzbleche fährt quer über das Bleistiftbeet des Bauern. Der Bauer schimpft und droht mit der Faust. Sein Mund wird immer größer. Er hat keine Zähne mehr. Aus seinem Mund kommen kleine, grüne Schmetterlinge, die sich mit schrillen Tönen auf Manuel stürzen. Aber er spürt sie nicht. Es ist dunkel geworden und fängt an zu regnen. Die Leute gehen in ihre Hütten. Sie schlagen die Tür vor Manuels Nase zu. Jetzt kommt ein großer Lastwagen den Berg herauf.

Am Steuer sitzt Hubert Schedel.

»Wo hast du deine Lampe, Manuel?« fragt Hubert Schedel.

»Wenn du deine Lampe nicht an hast, kann niemand verstehen, was du sagst!« Manuel sucht seine Lampe, aber er findet sie nicht. Er läuft überall herum, aber die Lampe ist verschwunden. Er kommt an eine Stelle, von der er weit ins Tal hinunterschauen kann. Er sieht, daß überall in den Hütten Lampen leuchten. Die Lampen werden immer heller und die Fenster der Hütten immer größer. Manuel sieht, wie die Leute in den Hütten lesen und schreiben. Er möchte hinlaufen. Aber da hört er den Motor des Lastwagens hinter sich. Hubert Schedel blickt streng auf Manuel hinunter und sagt:

»Steig auf Manuel. Du mußt zurück. Du weißt ja, warum.«

»Neeiiiin!« schreit Manuel, so laut er kann.
Da stößt ihm jemand mit dem Ellenbogen in die Rippen.
»Hör auf zu schreien, du machst ja alle wach.« Das ist nicht mehr Hubert Schedel, sondern Manuels Schlafnachbar.
»Ich hab nur geträumt«, sagt er, »ist doch nicht so schlimm.«
Inzwischen ist es hell geworden. Die Sonne scheint schon ziemlich warm. Unten im Hafen gibt es Frühstück. Der Kaffee wird aus kleinen Blechbüchsen getrunken. Tassen haben die Leute hier nicht.

# 4. Von Sergio und vom schwarzen Schiff

Jeden Tag fahren drei Schiffe über den Nicaraguasee, ein schnelles und zwei langsame. Vor einigen Tagen ist die Schiffsschraube des schnellen Schiffes gebrochen. »Wir fahren mit der 'Socorro'«, sagt der lange junge Mann mit den kurzen schwarzen Haaren. Er heißt Sergio und ist Physiklehrer in Managua.
Sergio betreut die Gruppe, in der auch Manuel ist. Sie müsser quer über den großen Nicaraguasee nach San Carlos und dann weiter auf die Solentiname-Inseln fahren. Manuel hat Sergio schon auf dem Lastwagen kennengelernt. Sergio war bei den Kämpfen gegen Somozas Nationalgarde dabei, zuerst an der Nordfront und dann in der Nähe von Masaya.
»Jetzt geht der Kampf weiter«, sagt er. »Erst, wenn wir den gewinnen, haben wir gesiegt!«
Manuel kann sich schlecht vorstellen, daß Sergio Physiklehrer ist. Er weiß viel von Sandino, aber auch über die Campesinos, die rund um den Nicaraguasee und auf den Solentiname-Inseln leben.
Und er kennt auch einige von ihren Geschichten. Während die 'Socorro' ausgeladen wird und die Leute geduldig auf ihren Gepäckstücken sitzen und warten, erzählt Sergio die Geschichte vom schwarzen Schiff ...
»Vor langen Jahren ist einmal ein großes geräumiges Holzboot von Granada nach San Carlos gefahren. Die Seeleute waren schon ziemlich lange unterwegs und hatten weit und breit kein Schiff und kein Ufer gesehen. Als sie an der Insel Redonda vorbeikamen, haben sie unter den hohen Uferbäumen etwas Weißes erblickt, das sich schnell hin- und herbewegte. Als sie näher heranfuhren, sahen sie, daß es Menschen waren,

die ihnen mit einem großen Bettlaken ein Zeichen geben wollten. Die Seeleute drehten bei, und als sie ans Ufer kamen, hörten sie nur Jammern und Wehklagen. Auf der Insel lebten nur zwei Familien. Aber alle, die kleinsten Kinder und die ältesten der Alten, waren sterbenskrank. Sie hatten etwas Vergiftetes gegessen.
»Nehmt uns mit nach Granada!« riefen sie.
»Und wer zahlt die Reise?« fragte der Kapitän.
»Wir haben kein bißchen Geld. Aber wir zahlen mit Holz, wir zahlen mit Bananen«, sagten die Kranken.
»Und wer schlägt das Holz und wer erntet die Bananen?« fragten die Seeleute.
»Ich habe eine Ladung Schweine an Bord. Die muß ich nach Los Chiles bringen. Wenn ich Zeit verliere, werden sie alle ersticken«, sagte der Kapitän.
»Aber wir sind doch Menschen«, sagten die Todkranken.
»Wir auch«, sagten die Seeleute, »nur weil wir zur See fahren und solche Transporte machen, können wir überhaupt leben.«
»Herr Gott nochmal«, rief ein alter Mann, »seht ihr denn nicht, daß wir alle sterben müssen, wenn ihr uns hierlaßt?«
»Wir haben unsere Verpflichtung«, sagte der Kapitän. Er ging mit seinen Leuten zurück zum Schiff, obwohl er sah, wie sich die Inselbewohner vor Schmerz krümmten und jammerten. Aber eine alte Frau erhob sich von ihrem Lager und rief laut und mit letzter Kraft: »Wer sein Herz zuschließt, den wird der See einschließen und nie wieder loslassen!«
Das Boot mit den Seeleuten legte ab. Sie nahmen Kurs auf San Carlos.
Aber niemals haben sie San Carlos oder irgendeinen anderen Hafen gesehen. Sie haben niemals mehr Erde gesehen und niemals mehr die Berge und die Sterne. Seit Jahren und seit Jahrhunderten irren sie im Dunst

auf dem See umher. Das Schiff ist inzwischen schwarz geworden, die Segel sind abgefault und die Taue zerrissen. Manche Leute sagen, daß sie das schwarze Schiff schon einmal gesehen haben. Man begegnet ihm in dichtem Nebel und in stürmischen Nächten. Und die Seeleute auf dem Schiff – völlig abgerissen, zerlumpt und mit wilden Haaren – rufen zu den Booten hinüber: »Wo ist San Carlos geblieben und wo liegt Granada?« Aber der Wind treibt sie weiter, und sie sehen niemals mehr Land. Sie sind verloren ...«

## 5. Von den verlassenen Leuten und den Ärzten

»Eine alte Geschichte«, sagt Manuel, »und ganz schön gruselig!« Sergio blickt zum Ufer hinüber.

»Keiner weiß genau, wann das passiert ist. Aber die Leute erzählen diese Geschichte heute noch. Und manche glauben sogar daran. Es gibt im Nicaraguasee viele kleine Inseln, auf denen nur ein oder zwei Familien wohnen. Die wissen, was das heißt, nicht schnell genug wegzukönnen, wenn jemand krank ist. Die Leute haben nur kleine Ruderboote. Wenn das Wetter stürmisch ist, kommen sie mit diesen Dingern überhaupt nicht von den Inseln los. Und sonst brauchen sie acht oder zehn Stunden. Viele Kinder sind deshalb schon gestorben. Meistens könnten sie durch schnelle ärztliche Behandlung gerettet werden.

In Granada und Managua gibt es ja genug Ärzte. Aber viele von ihnen sagen: 'Wer kein Geld hat, muß sehen, wo er bleibt. Und wir Ärzte müssen ja auch leben.' So wie es damals die Seeleute auch gesagt haben. Und deshalb kurieren manche Ärzte am liebsten die Reichen. Denn dann können sie von ihrer Arbeit sehr gut leben. Und um die Leute auf den Inseln kümmern sie sich nicht. Die haben eben kein Geld, und mit Holz und Bananen lassen sich auch die Ärzte heute nicht bezahlen. Und so sterben die Kinder. Aber diese Ärzte sind nicht dazu verdammt, in einem halbverfaulten Schiff auf dem See herumzuirren. Sie sitzen in ihren schönen teuren Häusern mitten auf dem festen Land ... Die Leute auf den Inseln wissen, was das heißt, von Gott und der Welt verlassen zu sein. Aber gerade deshalb fahren wir ja jetzt hin. Jetzt müssen sich solche Dinge endlich ändern!« sagt Sergio.

Dann ist es endlich so weit. Die ersten Fahrgäste betreten das Schiff. Aber das ist nicht einfach. Besonders dann, wenn man eine Ausrüstung für ganze fünf Monate mit sich schleppen muß.

Von der Kaimauer zum Schiff führt nur ein dickes, schwankendes Holzbrett. Man muß einige Meter geschickt darüberbalancieren. Aber das können hier alle, selbst die dicken Marktfrauen, die mit ihren ganzen Waren nach San Carlos fahren. Alles wird über das schmale Brett transportiert ... große runde Körbe mit Tomaten, Kartoffeln und Melonen. Kartons, in denen Hühner gackern und Kaninchen rappeln. Brennholzbündel und Schaukelstühle. Es ist wirklich eine Reise zum Anfang der Welt. Das Schiff sieht aus wie die Arche Noah.

## 6. Wie Manuel neben einem armen Bauern und einem jungen Mädchen schläft

Das Schiff ist die ganze Welt. Aber auf engstem Raum. Es erinnert nicht nur an die Arche Noah, es heißt auch 'Socorro' – 'Die Rettung'.

Vorn am Bug wird Manuel von zwei Schweinen begrüßt. Beide grunzen vergnügt. Dann dreht sich das eine um und schaut auf See. Manuel geht an der Kajüte vorbei und dann nach unten in den Schiffsbauch. Eigentlich kann man auf diesem Schiff nicht von 'Gehen' reden. Es ist eine eigenartige Fortbewegungsart, die hier nötig wird, eine Mischung aus Klettern, Steigen, gebücktem Laufen und Kriechen. Jeder Meter bringt neue Bekanntschaften, freiwillige und unfreiwillige. Unten im Schiffsbauch ist es halb dunkel. Fast alle Plätze sind schon besetzt.

Manuel muß sich abstützen. Er greift in eine dunkle Nische ... und schreckt zurück. Er hat einer schlafenden Frau mitten ins Gesicht gegriffen. Die Frau reibt sich verwundert die Augen. Dann macht sie eine Bewegung mit der Hand, als wolle sie einen Schwarm Moskitos verscheuchen. Manuel duckt sich. Vielleicht schlägt ihn die Frau. Seine Lampe fällt auf den Boden. Die Frau lacht: »Keine Angst, mein Sohn, ich bin doch kein Hund, der gleich beißt!« Komisch, eine wildfremde Frau, die eigentlich gar keinen Grund dafür hat, sagt zu Manuel »mein Sohn«.

»Paß auf deine Lampe auf. Sie ist das wertvollste in deiner ganzen Ausrüstung. Die Campesinos haben keine Lampen. Und im Dunkeln kann man nur tasten, aber nicht lesen und schreiben«, sagt Sergio. – Manuel

nimmt sich vor, ganz besonders gut auf seine Lampe aufzupassen.
Zur Mitte des Schiffes hin wird es immer enger. Auf dem Boden liegt eine ganze Familie und schläft. Der Vater hat den Strohhut übers Gesicht gezogen. Die Kinder liegen eng aneinandergekuschelt. Manuel schaut in die Gesichter der schlafenden Kinder. Wovon sie wohl träumen? »Geh weiter!« sagt Sergio von hinten. Sergio und Manuel müssen über die schlafende Familie steigen. Dann sind sie endlich in der Mitte vom Schiff. Manuel setzt sich erschöpft auf seinen Rucksack. Noch nie in seinem Leben hat er für eine so kurze Strecke eine so lange Zeit gebraucht. Er fühlt sich, als hätte er einen hohen Berg erstiegen. Aber er sitzt ja tief im Bauch eines voll bepackten Schiffes, das über den großen Nicaraguasee fährt. Hier in der Mitte kann man sich kaum bewegen. Manuel muß gebückt dasitzen, sonst stößt er mit dem dicken Hintern einer Marktfrau zusammen, die über ihm in der Hängematte liegt.
Die Hängematten für die jungen Alphabetlehrer reichen nicht aus.
»Eine fehlt«, sagt der Schiffsjunge, »vielleicht ist sie geklaut worden oder jemand hat sie weiter vorne aufgehängt.«
»Paßt gut auf eure Sachen auf!« sagt Sergio. Er teilt sich mit Manuel eine Hängematte. Sie müssen sich beim Schlafen abwechseln. Manuel bekommt die Hängematte zuerst. Auf der Arche Noah ist eine Hängematte ein Königreich. Zum ersten Mal kann Manuel sich richtig ausstrecken. Seine Lampe hat er neben sich an einen Haken gehangen. Er wird gut auf die Lampe aufpassen.
Rechts neben ihm schnarcht ein alter Bauer ganz leise und friedlich. Sein Gesicht sieht zufrieden aus, so als sei dieser Schlaf eine Belohnung. Vielleicht die beste

Belohnung für den ganzen Tag. Er hat eine zerlumpte Jacke über sich gedeckt. Manuel hat noch nie neben einem armen Bauern geschlafen. Zum ersten Mal in seinem Leben ist er so eng mit so vielen Leuten zusammen. Es sind keine vornehmen Leute. Das kann man an ihren Gesichtern, aber besonders an ihren Händen sehen. Die Leute sind freundlich und herzlich, obwohl es doch hier genug Grund für Ärger, für Grenzstreitigkeiten auf kleinstem Raum, geben müßte.
Wenn der Seegang stärker wird, fangen die Hängematten an zu schaukeln. Der alte Bauer hört auf zu schnarchen. Manuel stößt mit seiner linken Nachbarin zusammen. Das ist Maria. Sie ist etwas älter als Manuel. Sie redet nicht so viel wie die anderen. Sie guckt nur. Ihre dunklen Augen sind auch wirklich schön. Aber ihr Gesicht ist etwas blaß. Manuel stellt sich vor, daß Maria sehr fromm ist. Wenn ihre Hängematten zusammenstoßen, lächelt sie ihm zu. Jedesmal spürt Manuel den Körper von Maria ein ganz kleines bißchen. Aber durch die Hängematten durch. Es ist schön und aufregend. Manuel möchte mit Maria auf Jojo sitzen. Maria würde sich ganz eng an ihn kuscheln. Sie würden durch eine weite Landschaft bis zu einem fernen Gebirge reiten, über dem die Rauchfahne des Momotombo steht ... Manuel hat noch nie eine ganze Nacht neben einem Mädchen und einem armen Bauern gelegen. Er schaut noch einmal zu Maria hinüber. Dann schläft er ein.

# 7. Vom großen Nicaraguasee

*Der Nicaraguasee wird auch 'el mar dulce', 'das süße Meer', genannt. Vor Millionen von Jahren war er ein Teil des Pazifischen Ozeans. Dann schoben sich riesige vulkanische Landmassen in den Ozean und trennten den See vom Meer. Die Meerestiere, die in diesem kleinen Teil des Ozeans lebten, waren plötzlich eingeschlossen. Das ehemals salzige Meer wurde im Laufe der Jahrtausende zu einem Süßwassersee. Die Meerestiere mußten ihre Gewohnheiten mit dem Wasser verändern, oder sie starben aus. So kommt es, daß es noch heute im Nicaraguasee typische Meeresbewohner gibt. Die größten sind die Haie und die Schwertfische. Auch einen seltsamen Urfisch gibt es hier, der in allen andern Meeren schon ausgestorben ist. Aber man kann alle diese Fische nicht sehen, denn das Seewasser ist ziemlich trübe.*

*Auf dem See gibt es Inseln, die so klein sind, daß man vom einen ans andere Ufer quer über die Insel springen kann. Manche sind so groß, daß die Leute Maultiere brauchen, um die verschiedenen Orte auf der Insel zu erreichen. Noch niemand hat nachgezählt, wieviel Inseln es auf dem Nicaraguasee gibt. Nur die größeren haben Namen. Rund um den See gibt es kleine und große Buchten mit paradiesischen Uferlandschaften. Aber die Bauern, die 'Campesinos', die hier leben, sind ärmer als die Arbeiter in den Städten. Und am ärmsten von allen sind die 'campesinos del mar', die auf den Schiffen arbeiten und nicht mal ein kleines Stück Land ihr eigen nennen.*

## 8. Von einer Kraxeltour und dem Blick durch die Klobrille

Als Manuel aufwacht, weiß er nicht, wo er ist. Über ihm schwankt die Decke, und sein Bett schwankt mit. Maria schläft. Draußen wird es langsam dunkel. Manuel sieht große, blauschwarze Wellen, die ziemlich gefährlich aussehen. Sergio ist gekommen. Manuel klettert noch ganz voll von Schlaf aus der Hängematte. Aber Sergio nimmt die Hängematte nicht in Beschlag. Stattdessen hebt er ein kleines Mädchen und ihren Bruder hinein. Sie haben unten am Boden zusammengekrümmt neben einer Hühnerkiste geschlafen. Es war viel zu eng da unten. Manchmal hatten ihnen die Hühner in den Rücken gepickt. Das tat sehr weh. Aber es gab keinen anderen Platz für die Kinder. Nebendran hockt ihre Mutter. Als Sergio die Kinder in die Hängematte hebt, wacht sie kurz auf, lächelt ihm zu und schläft weiter.

»Wenn du mich suchst, ich bin oben auf Deck«, sagt Sergio. Manuel hat sich auf den Boden gesetzt und reibt sich den Schlaf aus den Augen. Da sitzt plötzlich neben der Hängematte ein Mann. Manuel hat noch nie einen so schmutzigen Menschen gesehen. Auch in Acahualinca nicht. Sein Gesicht ist verschmiert. Er trägt ein halbzerfetztes Hemd und alte Hosen, die so schmutzig sind, daß man ihre Grundfarbe nicht mehr erkennen kann. Manuel sieht, daß sein rechter Arm tätowiert ist. Aber der Mann trägt eine goldene Armbanduhr, ein riesiges Ding sogar. Wo er die wohl her hat? Der Mann sieht aus, als käme er direkt vom schwarzen Schiff. Wenn hier jemand etwas auf dem Kerbholz hat, dann ist es dieser finstere Kerl.

Manuel muß aufs Klo. Das Klo ist ganz vorne am Bug. Er muß wieder eine anstrengende Schiffsbauch-Kraxeltour machen. Er steigt durch Landschaften aus Hängematten, Kisten, Säcken und aus kleinen und großen Menschen, die am Boden liegen und schlafen. Die letzten Meter zum Klo muß er auf allen Vieren kriechen, so dicht baumeln die Hängematten über dem Boden. Durch die Klobrille kann man den See angukken. Man sieht gischtschäumende Strudel hinter dem Boot, die manchmal hoch aufspritzen. Es ist ein Plumsklo über Meerestiefen. Manuel wischt sich den Hintern mit Zeitungspapier ab. Eigentlich hätte er ein Handtuch gebraucht.
Als er vom Klo zurückkraxelt, wird überall die Plane heruntergezogen. Der See ist jetzt ziemlich stürmisch geworden. Durch eine Öffnung in der Plane sieht Manuel eine riesige schwarze Wolkenfront, die langsam näherkommt. Dann zucken die ersten Blitze. Man kann plötzlich den Vulkan von Ometepe sehen und auch seine Rauchwolken, die der Wind an den Kraterhängen niederdrückt. Manuel ist der einzige, der sich dieses stürmische Schauspiel aus Nacht, aufgewühltem See und Gewitter anschaut. Im Schiffsbauch haben sich jetzt fast alle schlafen gelegt. Auf der langen Bank an der Seite schlafen die Leute im Sitzen.

## 9. Von einem Gespräch über das Blitzlicht des lieben Gottes und andere Dinge

Plötzlich hört Manuel neben sich eine ärgerliche Stimme:
»Gloria und Rosita, wo steckt ihr denn schon wieder?«
Gloria und Rosita sind zwei ungefähr neunjährige Mädchen. Sie haben ihre Köpfe durch die Plane gesteckt und betrachten mit großem Interesse das Gewitter. Als die alte Frau ruft, lassen sie die Plane runter und setzen sich brav auf die Bank. Aber kaum ist sie eingeschlafen, da stecken die beiden Mädchen die Köpfe wieder nach draußen. Immer noch zucken die Blitze. In der Ferne donnert es. Manuel kann jedes Wort der beiden Mädchen verstehen ...
»Wenn es blitzt, kann man alle Berge am Ufer sehen, auch die Vulkane.«
»Der liebe Gott hat ein Blitzlicht. Damit knipst er die Welt, und er hat sich Nicaragua ausgesucht!«
»Warum?«
»Weil es am schönsten ist!«
»Warum?«
»Wegen der Vulkane und wegen dem See.«
»Manchmal sieht man die Lichter am Ufer. Aber das Schiff wackelt ja so.«
»Eben hat mich jemand von hinten gestoßen. Dich auch?«
»Ich glaub, das war die dicke Frau. Die verliert immer ihre Klopapierrolle, wenn sie aufs Klo muß.«
»Und keiner sieht die Blitze. Nur wir!«
»Knipst der liebe Gott uns auch?«
»Dafür ist das Schiff doch viel zu voll.«

»Und was ist, wenn das Schiff untergeht?«
»Dann kommen die Haie. Aber hinterher werden wir Engel!«
»Ich möchte kein Engel sein.«
»Mit einem Flugzeug ist man ganz schnell in San Carlos!«
»Aber da gehen doch die ganzen Menschen nicht rein. Und die Hühner und die Schweine.«
»Wenn ich groß bin, heirate ich den Kapitän. Dann kann ich oben in der Kajüte sitzen und dem Gewitter zuschauen.«
»Kannst du durch die Nase singen?«
»Beide zusammen klingt lauter!«
»Nicht so laut, sonst wird die Großmutter wach.«
»Komisch, die Größten müssen sich am tiefsten bükken, wenn sie unter den Hängematten durchwollen.«
»Vorhin ist einer in die Hühnerkiste gefallen.«
»Der mit dem dicken Bauch und den Stiefeln?«
»Nein, der mit der goldenen Sonnenbrille, der immer auf den Boden spuckt.«
»Jetzt müssen keine Kinder mehr sterben wegen der Nationalgarde.«
»Für Pedro haben sie eine Messe gelesen, und der war genauso alt wie wir.«
»Die Kinder, die gestorben sind, sind oft in der Zeitung.«
»Damit sie nicht ganz tot sind!«
»Die kleinen Kinder auf dem Schiff schlafen schon. Aber wir sind noch wach und sehen das Gewitter.«
Dann steckt eine von den beiden den Kopf wieder nach innen.
»Guck mal, dahinten sitzt auch noch einer. Der ist auch noch wach, der schreibt. Mitten in der Nacht.«
»Warum sitzt er denn da und schreibt?«
»Das ist ein Tourist. Der schreibt alles auf, was er sieht und was er macht.«

»Und jetzt schreibt er auf, daß er schreibt.«
»Ich möchte auch schreiben können. Dann würde ich jeden Tag einen Brief schreiben oder ein Gedicht. Zu uns soll jetzt auch ein Lehrer kommen, wo noch nie ein Lehrer war.«
Aber da ist die alte Frau wieder aufgewacht. Diesmal gibt es böse Worte und sogar Schläge.
Manuel klettert auf die andere Seite des Schiffes. Er hockt sich auf eine Kiste und schläft fast eine dreiviertel Stunde. Aber dann fällt ihm ein, daß niemand auf seine Sachen aufpaßt. Sergio ist ja oben an Deck. Manuel arbeitet sich, so schnell er kann zurück zur Schiffsmitte. Als er seine Hängematte erreicht, in der die beiden Kinder friedlich schlafen, bekommt er einen Riesenschreck. Da, wo er seine Lampe hingehangen hat, ist jetzt ein leerer Fleck. Die Lampe ist das wertvollste, was wir mitbringen, hatte Sergio gesagt. und jetzt ist Manuels Lampe weg. Manuel ist sich ganz sicher: Irgend jemand hat die Lampe geklaut.

## 10. Von einer Klopapierrolle und einer langen Suche

Manuel starrt noch immer auf den Haken, an den er die Lampe gehängt hat. Aber der Platz bleibt leer. Ich muß die Lampe wiederfinden, denkt er. Ich habe noch sechs Stunden Zeit. Das ist die halbe Nacht. Erst morgen früh um fünf werden sie in San Carlos sein. Schließlich dauert die Fahrt über den Nicaraguasee ganze vierzehn Stunden.

Manuel fängt an zu suchen. Die meisten Leute schlafen, manche mitten in ihrem Gepäck. Es wird nicht leicht sein, die Lampe zu finden. Aber da ist noch ein Platz leer. Auch der schmutzige Mann mit der goldenen Armbanduhr ist verschwunden. Manuel fällt es wie Schuppen von den Augen. Jetzt weiß er ganz genau, wer seine Lampe geklaut hat. Nur dieser Mann kann es gewesen sein. Er hat gewartet, bis Manuel weg war. Dann hat er sich die Lampe genommen und sie irgendwo auf dem Schiff versteckt. Aber Manuel wird den Mann finden. So ein Gesicht wie der hat hier keiner. Außerdem ist sein Arm tätowiert, und die große goldene Armbanduhr wird Manuel auch sofort wiedererkennen.

Er fängt an zu suchen. Er guckt sich die Gesichter und die Arme der Leute an. Auch das Gepäck und die Kisten untersucht er sorgfältig. Er schaut in allen Winkeln zwischen den Gepäckstücken nach. Da, wo es zu dunkel ist, tastet er. Er kommt an der Toilette vorbei. Die Toilette ist besetzt. Manuel sucht weiter. Aber er findet den Mann nicht. Wenn er jetzt eine Lampe hätte, nur eine Taschenlampe, wäre alles einfacher. Und Manuel muß aufpassen, daß der Mann ihn nicht schon

vorher sieht. Vorsichtig klettert er über einen Berg aus Kisten und Gepäck. Plötzlich ist er wieder beim Klo. Das Klo ist besetzt. Manuel sucht hinter einer Kiste mit Enten weiter. Die Enten werden wach und machen Spektakel. Aber niemand rührt sich. Die Enten werden schnell wieder ruhig.
Und da fällt Manuel etwas ein. Anscheinend ist die Toilette vorn am Bug immer besetzt. Hat sich der eigenartige Mann im Klo versteckt?
Manuel arbeitet sich wieder zum Klo vor. Von rechts schleicht er sich heran. Das Klo ist wieder besetzt. Die Klotür ist nicht besonders hoch. Wenn man auf die Kisten neben der Tür steigt, kann man von oben hineingucken. Manuel klettert die Kisten hoch, ohne daß jemand auf ihn aufmerksam wird. Noch ein kurzes Stück und jetzt ...
Auf dem Klo sitzt jemand. Nur nicht der schmutzige Mann. Es ist eine Marktfrau, eine runde, schwergewichtige Marktfrau. Sie schläft. Manuel hört, wie sie friedlich schnarcht.
Er kraxelt zurück. Vielleicht hat er im hinteren Teil des Schiffes mehr Glück. Immer wieder muß er sich tief bücken oder vorsichtig auf allen Vieren kriechen. Plötzlich packt ihn eine derbe Hand im Nacken. Zuerst will Manuel nach vorne springen. Aber dann bleibt er stehen, macht keine Bewegung, ist starr vor Schreck. Jetzt ist es aus.
Aber es fängt erst an. Eine sehr dicke und kräftige Frau hat Manuel im Nacken gepackt und läßt ihn nicht los. »Endlich habe ich dich«, sagt sie böse. »Du hast meine Klopapierrolle geklaut. Gib zu, daß du sie geklaut hast!«
Nicht alle Leute auf dem Schiff sind freundlich und sagen zu Manuel 'Mein Sohn!'. Jetzt sind die Menschen hier so, wie Manuel es befürchtet hat. Wildfremde Leute, vor denen man sich vorsehen muß.

»Wo hast du die Klopapierrolle?« fragt die Frau wieder.
Ihr Mann, der neben ihr auf einer alten Bastmatte geschlafen hat, murmelt mit heiserer Stimme:
»Guck doch erst mal, ob du sie nicht verloren hast. Du verlierst sie doch immer, deine Klopapierrolle!«
»Du bleibst jetzt hier, Bürschchen, bis der Kapitän oder einer von der Mannschaft kommt.« –
»Ich habe keine Klopapierrolle geklaut«, sagt Manuel.
»Warum bist du dann zweimal hintereinander hier vorbeigeschlichen? Ich habe alles genau beobachtet«, sagt die Frau.
Manuel schweigt.
»Geh und hol den Kapitän!« sagt die Frau. Der Mann erhebt sich langsam und kraxelt nach vorn. Er ist schnell wieder zurück.
»Gleich kommt einer!« sagt er.
Manuel fühlt sich wie in einer Falle, die langsam, aber sicher zuklappt. Aber dann kommt etwas, was er nicht erwartet hat ... Ein Mann mit einer Taschenlampe und einem tätowierten Arm. Der schmutzige Mann. Das sind Komplizen, denkt Manuel. Die stecken unter einer Decke. Die wollen ihn festhalten und einschüchtern. Manuel möchte schreien und um Hilfe rufen. Aber er tut es nicht. Jetzt muß er auf alles gefaßt sein.
»Zeig deinen Ausweis und schreib deinen Namen hier auf das Papier. Einen Kuli hast du ja selber«, sagt die Frau und hält Manuel ein Stück Papier hin.
»Du kannst doch gar nicht lesen«, sagt der Mann auf der Bastmatte, »was soll der Unsinn?«
»Und du kannst nicht mal deinen eigenen Namen schreiben. Also sei ruhig. Und das hier ist besser als gar nichts«, sagt die Frau und deutet auf das Papier.
Manuel möchte weglaufen. Aber das ist unmöglich. Auf dem ganzen Schiff kann man keine zwei schnellen Schritte hintereinander machen. Der Mann hat inzwi-

schen mit seiner Taschenlampe überall herumgeleuchtet. Jetzt greift er hinter eine Hühnerkiste. In seiner Hand hält er eine Klopapierrolle. Er wirft sie Manuel zu. »Was ist nur los auf diesem verdammten Kahn«, sagt er, knipst die Taschenlampe aus und verschwindet im Dunkel des Schiffsbauches. »Habe ich es dir nicht gesagt«, brummelt der Mann, als Manuel der Frau die Klopapierrolle überreicht.

»Warum schleicht der dann hier so rum wie ein Dieb«, sagt die Frau und läßt Manuel los. Manuel ist wieder frei. Aber er kann nicht in die Freiheit springen. Er muß in die Freiheit kraxeln. Und er muß weiter nach seiner Lampe suchen.

## 11. Vom schmutzigen Mann und der Lampe

Manuel hat sich genau die Richtung gemerkt, in die der Mann verschwunden ist. Er klettert und kriecht bis zum Vorderschiff. Es geht schneller als vorher. Manuel weiß jetzt, wie man sich auf dem Schiff am besten bewegt, um vorwärts zu kommen. Er klettert eine kleine Treppe hinauf und steht draußen vor der Kajüte. Manuel sieht das Steuerrad und dahinter den Kapitän. Und neben der Kajüte steht der Mann, den er sucht. Aber gleich läuft dieser weiter zu einer offenen Bodenluke über dem Laderaum.

In dieser Luke verschwindet der Mann. Manuel verfolgt ihn. Eine Leiter führt von der Bodenluke in einen zweiten Laderaum. Manuel sieht riesige Kisten und Zementsäcke, die sich rechts und links auftürmen. Im zweiten Laderaum ist es noch dunkler als oben. Aber im Boden ist wieder eine Luke. Manuel ist in den zweiten Laderaum geklettert. Von hier aus führt eine Eisenleiter in die Tiefe. Manuel sieht eine Reihe von großen Metallkolben, die mit unglaublichem Lärm auf- und niedersausen. Dahinter sind andere Maschinenteile, die von den Schlägen der Eisenkolben zittern. Alles ist hier fürchterlich eng, laut und schmutzig. Manuel schlägt eine Hitzewelle aus Öl- und Benzindampf entgegen. Da unten kann kein Mensch atmen. Auch nicht der schmutzige Mann. Es ist der Maschinenraum. Da sieht Manuel an einem Haken die große goldene Armbanduhr und gleich darauf den Mann. Er hat eine lange schmale Ölkanne in der einen und einen riesigen Schraubenschlüssel in der anderen Hand. Aber gleich ist er wieder zwischen den laut stampfenden Motoren verschwunden.

Tatsächlich, dieser Mensch kann da unten atmen. Und er arbeitet da unten sogar. Manuel hält die Hitze und den Lärm schon hier oben an der Deckenluke kaum aus. Es ist ein Wunder, daß der Mann nicht erstickt. Aber Manuel weiß jetzt, warum er so schmutzig ist. Und er weiß auch, wie hart und schwer die Arbeit ist, die der Mann machen muß.

Ohne ihn würden die Maschinen nicht laufen. Vielleicht ist der schmutzige Mann genauso wichtig wie der Kapitän. Aber der Mann hatte unter Manuels Lampe gesessen. Und jetzt ist die Lampe weg. Daran gibt es keinen Zweifel.

»Meine Lampe ist weg«, ruft Manuel, so laut er kann.

»Und Sie haben doch vorhin da gesessen.«

»Du denkst wohl, ich hab die Lampe geklaut!« ruft der Mann zurück.

Manuel sieht jetzt, daß er ein ganz freundliches Gesicht haben kann.

»Was ist nur los auf diesem verdammten Kahn?« sagt der Mann und verschwindet wieder im Maschinenraum. Kurze Zeit später kommt er mit seiner Taschenlampe wieder. Manuel klettert mit ihm zusammen ins Mittelschiff.

»Da oben hat sie gehangen«, sagt Manuel.

Der Mann leuchtet überall herum, zwischen dem Gepäck, den Kisten und den Hängematten. Dann leuchtet er weiter nach rechts, wo die Leute auf der langen Bank sitzen und schlafen ...

»Das ist sie nicht, oder?« sagt er und leuchtet zu einem Mädchen hinüber. Das Mädchen hält eine Lampe wie eine Puppe im Arm und schläft. Es könnte Manuels Lampe sein. Aber an die Lampe ist ein langer Strick gebunden. Manuel kennt das Mädchen. Er hat alles gehört, was sie vorhin zu einem anderen Mädchen gesagt

hat. Gloria oder Rosita heißt sie. Manuel macht das Mädchen wach. Sie hat die Lampe drüben von dem Haken heruntergenommen.
»Wir wollten doch nur gucken, ob es wirklich Haie im See gibt. Aber die Lampe ist nicht angegangen. Da hat auch der lange Strick nichts genützt. Und als ich sie wieder rüberhängen wollte, bin ich eingeschlafen«, sagt das Mädchen und gibt Manuel seine Lampe zurück.
Der schmutzige Mann lacht: »Was ist nur los auf diesem verrückten Kahn?« sagt er. Manuel schämt sich, daß er den Mann verdächtigt hat, nur weil man ihm seine Arbeit ansieht. Manuel ist schlimmer als die Frau mit der Klopapierrolle. Und so einer soll fremden Leuten das Lesen und das Schreiben beibringen. Ich muß selber noch viel lernen, gerade von diesen Leuten, sagt er sich.
Der Mann hat seine Taschenlampe ausgeknipst und schaut nach draußen auf die Wellen. Da, wo er jetzt mit Manuel steht, hört man die großen Schiffsmotoren nur noch ganz leise. Manuel hat Mühe, den Strick von der Lampe zu knoten. Endlich ist er fertig. Manuel möchte sich bei dem Mann ganz, ganz herzlich bedanken. Aber der ist schon wieder nach vorn geklettert. Am liebsten würde ihm Manuel seine Lampe schenken.

## 12. Von Sergio im obersten Schaukelstuhl

Es ist noch immer Nacht. Erst in vier Stunden wird das Schiff in San Carlos sein. Manuel hat seine Lampe wieder. Immer wieder schaut er die Lampe an, so als hätte er sie noch nie gesehen. Er hat keine Lust zu schlafen.

»Du siehst aus wie Aladin mit der Wunderlampe«, sagt das Mädchen.

»Kannst du auf die Lampe aufpassen. Ich will nach oben an Deck«, sagt Manuel. Das Mädchen nimmt die Lampe. Manuel klettert an Deck und sucht Sergio. Vorne am Bug grunzen die Schweine. Hinter der Kajüte liegt ein großes Bündel Besen und ein Haufen Zöpfe aus Zwiebeln und Knoblauch. Mittendrin stehen einige ineinandergestellte Schaukelstühle aus grobem Holz. Im obersten sitzt Sergio und schaut in die Sterne.

»Es ist wie ein Traum«, sagt er, »gestern haben wir noch in den Bergen gekämpft und waren froh, wenn uns die Campesinos etwas zu essen brachten. Und jetzt gehen wir wieder zu ihnen, aber ohne Gewehre, und wir bringen ihnen das Lesen und Schreiben bei. Es ist wirklich wie ein Traum. Und die Idee, daß jeder von uns eine Lampe mitbringt, ist prima. In den meisten Hütten der Campesinos gibt es nämlich kein Licht, noch nicht einmal eine Ölfunzel.«

Manuel möchte die Geschichte von seiner Lampe erzählen. Aber eigentlich ist es die Geschichte vom schmutzigen Mann. Und Sergio wird ihn deshalb sicherlich auslachen.

»Der See ist jetzt schön ruhig geworden«, sagt Sergio träumerisch. »Es ist schon ein eigenartiges Gefühl, wenn man aufwacht und hat keine Zimmerdecke über sich, sondern tausend Sterne. Siehst du da ganz hinten die Lichter. Das ist San Bernardo. Und in einer Stunde werden wir in San Miguelito anlegen. Ich bin gespannt, ob da schon jemand auf den Beinen ist.«

## 13. Von einer Musik, die über den See klingt

Manuel und Sergio sitzen schweigend nebeneinander. Manuel denkt über all die Sachen nach, die ihm Sergio erzählt hat. Aber er merkt auch, daß er inzwischen furchtbar müde geworden ist. Da stößt ihn Sergio an und fragt: »Hörst du was?«
Manuel hört nichts. Aber als er genauer in den Wind lauscht, der jetzt von Süden über den See weht, hört er ganz leise Musik. Oder ist es Einbildung? ... Langsam werden die fernen Töne lauter. Schließlich sagt Manuel: »Das muß eine ganze Musikkapelle sein. Vielleicht feiern die da bis in den frühen Morgen ein Fest.«
»Oder sie wollen uns begrüßen. Ich kann schon deutlich die Trommel und die anderen Instrumente hören«, sagt Sergio.
Langsam wird es hell. San Miguelito kommt immer näher. Jetzt kann man auch den alten halbverfallenen Landungssteg sehen, der weit in den See hinausführt. Die Musik ist jetzt noch lauter geworden. Auf dem Landungssteg steht eine Gruppe von Campesinos. Sie halten ein Spruchband in die Höhe, darauf steht: »Land für alle – Bildung für alle – es lebe Sandino«.
Auf dem Schiff wird es lebendig. Ein kaum überschaubares Ein- und Aussteigen beginnt. Maria und die anderen sind jetzt auch an Deck gekommen. Alle zusammen gehen sie an Land. Sie werden von den Campesinos herzlich begrüßt. Dabei sind sie hier nur auf der Durchreise. Einer der Campesinos hält eine kurze Begrüßungsansprache. Dann gibt es heißen Kaffee, geröstete Speckschwarte und gekochte Kartoffeln. Für Manuel ist das ein ungewohntes Frühstück. Aber es tut ihm gut. Nach dem Frühstück stehen sie noch auf dem

Landungssteg und reden mit den Campesinos. Manuel merkt, daß er von diesen Leuten ernst genommen wird. Niemand schaut auf ihn herab. Ein alter Campesino sagt sogar 'Herr Lehrer' zu ihm. Jetzt kommt die Musik näher. Es ist eine Pauken- und Tschingderassabumm-Musik. Sie ist nicht besonders schön, aber laut und eindringlich. Manchmal hören die Leute auf die Musik, aber meistens haben sie andere Dinge zu tun. Dann stehen die Musiker allein da. Niemand achtet auf sie, keiner dreht sich nach ihnen um. Dabei sind sie doch unüberhörbar. Aber die Musiker scheint das nicht zu stören. Sie machen mit einer Begeisterung weiter, als würden alle auf dem Landungssteg nur ihnen zuhören.

Manuel schaut sich die Musiker näher an. Es sind nur drei: Zwei kleine Jungs, die rhythmisch große verbeulte Metallbecken aufeinanderschlagen, und ein hagerer alter Mann, der auf eine übergroße Trommel haut. Der ganze Oberkörper des Trommlers ist verdeckt. Er muß sich nach hinten strecken, damit er nicht das Gleichgewicht verliert. Der alte Mann ist barfuß. Seine zerlumpten Hosen hat er bis zu den Knien hochgekrempelt. Auf dem Kopf trägt er eine uralte Schirmmütze. Mit einer großen, an einem Stock befestigten Filzkugel haut er unentwegt auf die Trommel. Eine so eigenartige Musikkapelle hat Manuel noch nie gesehen. Er setzt sich neben einen Campesino, der jetzt erst seinen Kaffee bekommen hat.

»Das mit der Musik war ein guter Einfall«, sagt er. »Die haben wir schon kilometerweit gehört. Zuerst dachten wir, hier wäre eine zwölfköpfige Musikkapelle aufmarschiert.«

»Ach, du meinst den Trommler. Den haben wir nicht bestellt. Der ist von alleine gekommen. Eigentlich wollten wir euch ja mit Musik empfangen. Aber der Plattenspieler und der Lautsprecher waren kaputt. Da

waren wir froh, daß wenigstens der Trommler kam.«
»Er wartet nicht auf Beifall, er trommelt nur. Ist er immer hier, wenn Schiffe anlegen?« fragt Manuel.
»Meistens«, sagt der Campesino und fängt an, die Geschichte vom Trommler zu erzählen.

## 14. Vom stummen Trommler

»Ich glaube der Trommler kam vor ungefähr zehn Jahren hierher. Ich kann mich noch genau erinnern. Es war an einem Sonntag. An so einem Tag, wo hier überhaupt nichts los ist und man sich am besten in die Hängematte legt und weiterschläft. Der See war ganz in Nebel gehüllt ... Da hörten wir plötzlich vom See her ein eigenartiges Geräusch. Es war, als hätte der See ein Herz bekommen: »... Bup ... bup ... bup ... bup ... bup ...«, klang es leise zu uns herüber. Und dann wurde das Geräusch lauter: »... Bupp ... bupp ... bupp ... bupp ...«

Plötzlich hörte das Geräusch auf, und nach einer Weile tauchte ein Ruderboot aus dem Nebel auf. In dem Boot saßen drei Matrosen und ein älterer Mann. Die Matrosen haben den Mann am Seeufer abgesetzt und sind sofort in die Seemitte zurückgerudert. Der alte Mann hatte nichts dabei, nur eine riesige, uralte Trommel. Er kam zu uns herüber und setzte sich unter den alten Tamarindenbaum. Anscheinend war er sehr schweigsam, denn er redete mit uns kein Wort. Dabei haben wir ihn alle freundlich begrüßt. Natürlich waren wir sehr neugierig, denn endlich gab es mal etwas Neues. Schließlich ging einer von uns rüber und sagte zu dem Mann mit der Trommel: »He, Alter, willst du Musik machen bei uns. Dann hau' ruhig kräftig auf deine Pauke! Aber wir wüßten auch gerne, wo du her bist und warum du alleine gekommen bist? ... Oder kannst du nicht reden?«

Zuerst rührte sich der Mann gar nicht. Aber bei der letzten Frage hat er heftig mit dem Kopf genickt, und da merkten wir es alle: Er war stumm. So weiß bis

heute keiner, wie er heißt und wo er herkommt. Er kann von der Atlantikküste sein oder wer weiß woher! Keiner weiß, ob er ein Matrose war oder ein Campesino. Er muß in Granada auf einen Frachter gegangen sein, und die Leute vom Schiff haben ihn hier im Nebel abgesetzt. Mehr haben wir nicht rausgekriegt. Wir haben ihn immer wieder gefragt, und er versteht auch einiges. Manchmal nickt er und lacht. Aber das ist sehr selten. Und als es dann dunkel wurde, hat er zum ersten Mal hier getrommelt. Zuerst klang es wieder wie im Nebel auf dem See: »... Bup ... bup ... bup« Aber dann wurden die Schläge schneller und unregelmäßiger: »Bupp ... bupp ... buppbumm ... bupp ... buppbuppbumm.« Und dann wurde die Trommel plötzlich fröhlich und laut: »Buppbumm ... rataplamm ... buppbuppbumm ... rataplamm ... rataplamm ... rataplamm ... buppbumm«.
Als das die Leute hörten, haben sie ihn gleich auf eine Hochzeitsfeier mitgenommen. Zuerst war alles ganz lustig. Aber dann merkten die Hochzeitsgäste, daß man nach dem, was der Alte trommelte, schlecht tanzen kann. Und da haben sie ihn wieder weggeschickt. Er hat sich dann in einem halbverfallenen Bootshaus eingerichtet. Und abends hat er dann immer getrommelt: »Buppbumm ... rataplamm ... buppbummrataplamm«. Die Leute hier haben sich daran gewöhnt. Einmal war er krank. Das haben sie sofort gemerkt, weil es abends so still war.
Ich glaube, er hat seine eigene Trommelsprache. Er macht immer so ein Gesicht beim Trommeln, als wollte er sich damit verständlich machen. Aber die einzigen, die ihn ein bißchen verstanden haben, waren die Kinder. Die sind mit Blechkanistern und Eimern zum alten Bootshaus gezogen und haben mitgetrommelt: »Bumm bumm klick klack ... schnettereteng ... rataplamm ... bautz bumm ... pong pang.« Alles bunt

durcheinander. Dann war der alte Trommler immer ganz glücklich. Einmal hat er sogar getanzt. Und eines Tages ist er zusammen mit den Kindern auf den Landungssteg gezogen. Da kam nämlich ein Schiff aus Granada. Die Leute auf dem Schiff haben sogar Beifall geklatscht. Und dann ist der alte Mann immer auf den Landungssteg gegangen, wenn ein Schiff kam. Manchmal mit vielen Kindern und manchmal ganz allein. Aber oft haben die Leute kaum auf ihn geachtet. Er steht immer nur da und trommelt ohne Pause. So unauffällig, wie das Herz schlägt, wenn man es selber kaum merkt.

Einmal haben wir auch gedacht, der Alte sei verrückt geworden. Da war hier eine Sturmnacht mit meterhohen Wellen. Und mitten in der Nacht weckt mich meine Frau und sagt: »Hör mal, der Alte trommelt draußen im Sturm. Jetzt ist er ganz durchgedreht.« Die Trommelschläge kamen nämlich vom See her. Da stand der Alte irgendwo am Ufer oder auf dem Landungssteg und trommelte so laut, als würden ihm alle Wellen zuhören: »Bumm ... bumm ... rataplam ... bumm ... bummrataplam ... bumm ... bumm«.

Als dann zehn Tage später wieder eine solche finstere Sturmnacht war, hat er wieder getrommelt. Fast die halbe Nacht. Aber dann hörten wir plötzlich im Sturmesrauschen Rufe und laute Stimmen, und zusammen damit kam das Trommeln näher. Es war jetzt fast wie ein Siegesmarsch und kam direkt auf unser Haus zu: »Rataplamm ... rataplamm ... rataplamm ... bumm ... bang«. Ja, und da stand dann der Trommler mit sechs pitschnassen Seeleuten, die sich vor Erschöpfung kaum noch auf den Beinen halten konnten. Ihr Kahn war draußen auf See irgendwo auf Grund gelaufen. Und sie waren mit ihrem winzigen Ruderboot stundenlang in den stürmischen Wellen umhergeirrt. Aber dann haben sie das Trommeln gehört, zuerst nur ganz schwach. Doch sie sind mit letzter Kraft in die Richtung gerudert, aus der das Trommeln kam. Und der Trommler hat übers ganze Gesicht gestrahlt, als er die Seeleute brachte. Ich glaube, es war die glücklichste Stunde, die er hier erlebt hat ... Das ist das, was ich über den Trommler weiß, mehr nicht.«

»Solche Geschichten müßte man aufschreiben«, sagte Manuel, »dann könnten sie viele Leute lesen.«

»Nächste Woche geht es hier los mit dem Lesen und Schreiben«, sagt der Campesino, »das ist eine gute Sache für uns alle.«

»Und der Trommler«, fragt Manuel, »macht der auch mit?«

»Der ist doch stumm«, sagt der Campesino.

»Aber vielleicht lernt er schreiben, und dann kann er alles aufschreiben, was er sagen will«, sagt Manuel.

»Ich glaub nicht. Aber die Idee ist trotzdem gut. Darauf ist hier noch keiner gekommen«, sagt der Campesino.

Manuel ist froh. Er möchte am liebsten hier in San Miguelito bleiben und morgen mit dem Unterricht anfangen. Unterricht für die freundlichen Campesinos und den geheimnisvollen Trommler. Aber die Schiffsglokke läutet. Alle steigen zurück aufs Schiff.

»Wo ist der Trommler«, rufen die Campesinos, »er soll einen Abschiedsgruß trommeln!«

Aber der Trommler ist verschwunden. Niemand hat auf ihn geachtet, und irgendwann ist er mit seiner großen Trommel nach Hause gegangen.

## 15. Vom Brüllen der Affen

Manuel klettert zurück in seine Hängematte. Sie ist leer. Die Kinder sind in San Miguelito ausgestiegen. Maria schläft noch. Das Mädchen, das auf Manuels Lampe aufgepaßt hat, ist wach. Sie hat die Lampe so fest im Arm, als könne sie weglaufen und sich irgendwo auf dem Schiff verstecken. Manuel ist inzwischen todmüde geworden. Nach San Carlos sind es noch drei Stunden. Er klettert in seine Hängematte und schläft sofort ein ... tief und traumlos.

Als er wieder aufwacht, sind es noch zehn Minuten bis San Carlos. »Komm mit an Deck! Da oben kannst du die Affen brüllen hören«, sagt Maria. Sergio und die andern sind schon oben. Der See ist schmaler geworden. Er geht allmählich in einen großen Fluß über, der in einer langen Biegung im Urwald verschwindet. Hier mündet der Rio San Juan in den großen Nicaraguasee. Drüben am Seeufer ist ein weites Sumpfgebiet. Dahinter fängt der Urwald an. Hunderte von Wasservögeln sind aufgestiegen und fliegen in großen Scharen den Rio San Juan hinauf. Über dem Sumpfgebiet stehen die Morgennebel. Den Urwald dahinter kann man nur undeutlich sehen. Aber dafür ist er doppelt geheimnisvoll. Und man hört tatsächlich eigenartige Schreie, die durch den Morgennebel über das Wasser schallen. Manche sind dumpf und tief, andere klingen wie ein wütendes Bellen.

»Wenn ich die Affen höre, weiß ich, daß ich bald in San Carlos bin«, sagt Sergio. Er war schon öfter in San Carlos. Der Feldzug gegen die Unwissenheit mußte gut vorbereitet werden. Jetzt fühlt sich Sergio in dieser eigenartigen Stadt am Nicaraguasee fast schon ein bißchen zu Hause.

## 16. Von der Bretterstadt San Carlos

San Carlos ist eine Stadt, die man nur auf dem Wasserweg erreichen kann. Neuerdings gibt es auch ein kleines Linienflugzeug, das direkt nach Managua fliegt. Der Landungssteg, an dem das Schiff jetzt festmacht, ist ein Vorgeschmack auf San Carlos: Nichts als uralte Bretter und manche davon sind ziemlich wackelig. Man muß die richtige Stelle erwischen, damit man den Halt nicht verliert. Einige Bretter fehlen ganz. Der Landungssteg wirkt fast wie eine Hindernisbahn für ein Geschicklichkeitsrennen zum Abschluß der vierzehnstündigen Reise.

Die Häuser und Hütten in San Carlos sind fast alle aus Holz. San Carlos ist eine Bretterstadt. Die besseren Häuser sehen aus wie besonders schäbige Saloons aus alten Wildwestfilmen.

San Carlos ist der Mittelpunkt eines riesigen Gebietes aus See, Sumpf, Urwald und einigen Feldern und Plantagen. Zweimal in der Woche ist Markt. Die Hauptstraße, die parallel zum Seeufer quer durch die ganze Stadt führt, ist dann ganz mit Marktständen besetzt. Zwischen den Marktständen drängeln sich die Menschen. Der Markt ist so bunt, wie ein Markt nur sein kann. Man bekommt alles – vom Hosenknopf bis zur Riesenmelone. Die Campesinos rudern in tagelangen Fahrten hierher oder reiten auf ihren Maultieren durch den bergigen Urwald. Auch die Leute von den Solentiname-Inseln kommen zum Markt. Manche Inseln sind ganze vierzehn Ruderstunden entfernt. In San Carlos fängt für die Inselbewohner eine andere Welt an. Eine Welt, in der es alles mögliche gibt, was man auf den Inseln nicht anbauen kann, und dazu Flugzeuge, Fernseher und elektrisches Licht.

## 17. Von Paco aus Masaya

Manuel hat sein Gepäck zusammen mit den anderen zu einem Landungssteg geschleppt, der weiter in Richtung Ortsausgang liegt. Von hier aus fahren die Boote zu den Solentiname-Inseln. Der Anfang der Welt rückt immer näher. Manuel ist gespannt und neugierig. Er möchte am liebsten ganz schnell auf die Inseln. Er möchte auf seine Insel, auf der er wildfremden Leuten beibringen soll, wie man schreibt und liest. Aber in San Carlos gehen die Uhren anders. »Das Boot kommt erst heute Mittag, und am Abend seid ihr dann schon auf den Inseln«, sagt eine Frau im Hafenbüro. Also müssen sie warten.

Manuel freut sich. Maria ist für dieselbe Insel eingeteilt wie er. Außerdem ein junger untersetzter Mann, der Paco heißt und einen schwarzen lockigen Kinnbart hat. Paco könnte in einem Piratenfilm mitspielen – als Piratenhäuptling. Jedenfalls sieht er so aus. Er hat hohe Stiefel an und einen breiten, alten Ledergürtel um seinen Bauch gebunden. Daran hängt – fast wie ein Schwert – ein überlanges Buschmesser in einer selbstgebastelten Scheide und eine Reihe von alten Patronentaschen, in denen er mit viel Geschick sein sämtliches Verbands-, Näh- und Schreibzeug verstaut hat. Um den Hals trägt er eine goldene Kette, an der ein Kreuz und ein indianisches Amulett hängt. Paco hat keinen Rucksack wie die anderen, er hat einen großen graugrünen Seesack, der an mehreren Stellen geflickt ist. Dann schleppt er noch zwei kunstvoll ineinandergesteckte und -verschnürte Zementsäcke mit. Darin hat er seine Gitarre.

Paco ist aus Masaya. Er hat es weiter gebracht als die anderen Jungen in seinem Viertel. Er wollte als Kellner in einem großen Restaurant arbeiten, und dafür hat er lesen und schreiben gelernt. Aber dann machte das Restaurant, in dem Paco arbeiten sollte, pleite. So wurde er Barkeeper. Die Bar sollte etwas besonderes sein. Paco bastelte einen Haifisch, der zum Takt der Musik mit den Augen leuchten und mit den Zähnen klappern konnte. Aber der Haifisch funktionierte nur eine Woche lang. Manuel kann sich Paco weder als Barkeeper noch als Kellner vorstellen.

## 18. Vom Überfall im Morgengrauen

Manuel und Sergio laufen durch San Carlos. Paco paßt auf das Gepäck auf. Viele Leute in San Carlos halten sich Papageien. Sie schreien mit den spielenden Kindern um die Wette. Manuel und Sergio kommen an einen großen, freien Platz. Oberhalb davon steht ein eigenartiges Gebäude, eine Art Schuppen mit einem großen Blechdach. Wahrscheinlich ist es das größte Haus von San Carlos.

Mitten auf dem freien Platz sehen sie ein eigenartiges Denkmal – ein kleiner künstlicher Hügel, in den Steine eingesetzt wurden, die in den Farben Sandinos, rot und schwarz, bemalt sind. Obendrauf hockt ein schneeweiß angemalter steinerner Reiher. Vor dem künstlichen Hügel steht eine Reihe von Gedenktafeln mit Namen, Geburts- und Todesdaten. Das Todesdatum ist auf allen Grabsteinen gleich ...

»Auch hier in San Carlos haben sie gegen Somoza und die Nationalgarde gekämpft«, sagt Sergio. »Da oben auf dem Hügel war die Polizeistation, in der die Nationalgarde sich verschanzt hat. Von da aus haben sie auch ihre Razzien unten in der Stadt gemacht. Eines Tages sollten dann überall im Land die Stützpunkte und Kasernen der Nationalgarde gestürmt werden. Auch in den abgelegensten Winkeln von Nicaragua, auch in San Carlos. Und hier war es so ...

Eigentlich war es an einem Tag wie jeder andere. Die Leute in San Carlos taten das, was sie immer taten. Sie arbeiteten auf den Feldern, wuschen ihre Wäsche am See, fuhren hinaus zum Fischen oder gingen auf den Markt. An Markttagen waren viele fremde Leute in der Stadt. Aber gegen Abend fuhren sie meist wieder weg. Am Abend vor dem betreffenden Tag kamen einige junge Männer und Frauen in die Stadt, die den Schutz der Dunkelheit brauchten. Einige kamen aus Costa Rica. Dahin waren sie vor Somoza geflohen. Einige kamen aus dem Landesinneren, aber auch von den Solentiname-Inseln waren welche dabei. Sie mußten genau darauf achten, daß die Streifen der Nationalgarde sie nicht sahen. Sonst wäre alles aus gewesen. Aber sie hatten Freunde in San Carlos, und bei denen versteckten sie sich.

Noch vor dem Morgengrauen standen die jungen Männer und Frauen auf und nahmen ihre Gewehre. Die Stadt schlief noch. Nur im nahen Urwald hörte man die Schreie der Nachtvögel. Die jungen Leute schlichen sich von rechts und links um den Hügel da oben herum. Jeder ging an seinen vereinbarten Platz. In der Polizeistation rührte sich nichts. Alle, außer den Wachposten, schienen zu schlafen.

»Hier ist die Nationale Sandinistische Befreiungsfront. Ihr seid von allen Seiten umstellt. Nicht nur hier, sondern im ganzen Land. Legt die Waffen nieder und ergebt euch. Wir übernehmen den Schutz für euer Leben!«

Mehrere Male wurde die Aufforderung durch den Morgennebel den Hügel hinaufgerufen. Die Nationalgardisten gaben keine Antwort. Schließlich eröffneten sie das Feuer... blindlings nach allen Seiten. Zum ersten Mal waren es nicht sie, die alles mit ihren Waffen beherrschten. Sie waren umstellt von Leuten, die die Gegend kannten und die bereit waren zu kämpfen. Das Feuergefecht wurde immer heftiger. Die ersten Nationalgardisten wurden getötet. Man hörte die Schreie von Verwundeten. Dann kamen keine Schüsse mehr aus der Polizeistation. Es war plötzlich totenstill. In der Polizeistation gab es keine Munition mehr und viele Verwundete. Die Angreifer hatten gesiegt.

Wäre es umgekehrt gewesen, wären die Besiegten gefoltert und erschossen worden. Aber die Söhne Sandinos waren anders. Bei ihnen wurde nicht Gleiches mit Gleichem vergolten. Nach siegreichen Kämpfen entwaffneten sie die Gefangenen. Dann durften sie nach Hause gehen oder bei den Sandinisten mitkämpfen. Selbst Nationalgardisten, die gefoltert und gemordet hatten, wurden später nicht mit dem Tode bestraft, sondern abgeurteilt und ins Gefängnis gebracht.
In San Carlos wäre es sehr leicht gewesen, die Polizeistation anzuzünden und so alle noch lebenden zu töten. Aber die jungen Männer und Frauen verzichteten darauf. Und das kostete vielen von ihnen den Sieg und das Leben. Den noch übrigen Nationalgardisten gelang es, Verbindung nach Managua herzustellen. Hubschrauber brachten Nachschub, Soldaten und Munition. Die Angreifer mußten in Richtung Costa Rica fliehen. Die Nationalgarde begann eine erbarmungslose Verfolgungsjagd. Dabei wurden auch drei Jungen von den Solentiname-Inseln erschossen und wahrscheinlich in einem Massengrab verscharrt. Den übrigen gelang die Flucht. Sie kamen halbtot vor Hunger, Erschöpfung und von Insektenstichen in Costa Rica an. Da haben sie eine vorläufige Zuflucht gefunden...«

## 19. Von Gesprächen vor einer neuen Abfahrt

Auf dem Landungssteg stehen die Leute und warten. Die meisten sind neugierig und freundlich. Aber nicht alle. Einige machen ihrem Ärger über den 'Feldzug' lauthals Luft. Aber Sergio bleibt ruhig. Mit viel Geduld versucht er, den Sinn des 'Feldzugs' zu erklären. »Unsere Gewehre sind die Unterrichtsstunden«, sagt er, »und unsere Munition sind die Bücher, die Hefte und die Bleistifte. Und wir kämpfen nicht mit Waffen, sondern mit Geduld und Liebe.«
»Ihr wollt doch den Bauern nur den Sandino-Kommunismus predigen. Aber die werden euch was husten. Die wollen doch nicht von euch Grünschnäbeln belehrt werden«, schimpft ein besser gekleideter, älterer Herr auf dem Landungssteg. Zuerst hatte er immer nur Witzchen gemacht und mit seiner Menschenkenntnis geprahlt. Jetzt war er plötzlich ernst geworden. Hoffentlich hat er nicht recht, denkt Manuel. Aber da gibt es Gedränge unter den Leuten. Das Boot, das auf die Solentiname-Inseln fährt, ist angekommen. Es schaukelt gefährlich hin und her, als sie ihr Gepäck verstauen. Endlich sind alle Fahrgäste an Bord. Einige Campesinos mit ihren Frauen sitzen im vorderen Teil des Bootes. Sie sind auf dem Markt in San Carlos gewesen und haben eingekauft. Maria, Paco, Sergio und Manuel sitzen hinten beim Bootsmann.
Der Bootsmann versucht, den Außenbordmotor zu starten. Er zieht mit aller Kraft an einem schmutzigen Bindfaden, der am Zündhebel befestigt ist. Aber der Motor springt nicht an. Der Bootsmann zieht immer heftiger. Da reißt der Bindfaden. Um ein Haar hätte

der Mann im Wasser gelegen. »Verdammte Scheiße«, flucht er. Paco knöpft eine seiner Patronentaschen auf und gibt dem Bootsmann einen neuen Strick. Der Motor springt beim ersten Ziehen an. Das Boot nimmt Kurs auf die Solentiname-Inseln. Aber noch sind sie nicht zu sehen. Es ist so, als würde das lange, schmale Boot wieder in die leere Mitte des Sees zurückfahren.

## 20. Vom Geschichtensammeln

»Weißt du schon, was du sammelst, wenn wir auf der Insel sind?« fragt Sergio.

»Oder hast du dir noch keine Gedanken gemacht?«

Manuel erinnert sich. Er hat in Managua eine Liste mit Themen für Sammlungen und Berichte bekommen. Alles ist von Interesse: Die Bodenschätze, die Tiere und Pflanzen, die Arbeit der Bauern, ihre Anbaumethoden, aber auch ihre Lieder, Tänze und Geschichten.

»Ich hab schon dran gedacht«, sagt Manuel, »aber ich weiß noch nicht so recht, was ich machen soll. Ich muß doch erstmal alles mit eigenen Augen sehen.«

»Was hast du denn für Hobbies?« fragt Sergio und schaut abschätzig auf die schneeweißen Tennisschuhe, die an Manuels Rucksack baumeln.

»Ich bin immer sehr gerne geritten«, sagt er, »und Tennis gespielt hab ich auch. Einmal war ich Schulmeister.«

»Das Tennisspielen kannst du hier vergessen. Meinst du etwa die Campesinos haben Tennisplätze auf ihren Inseln?«

»Aber in San Carlos habe ich viele reiten gesehen. Die meisten auf Maultieren, und manche hatten auch Pferde.«

»Vor kurzem hat ein Campesino zwei Gruppenleitern von uns sein einziges Maultier geliehen. Zuerst wollte er es gar nicht hergeben. Aber die beiden wollten unbedingt auf dem Maultier nach San Carlos. Unterwegs mußten sie durch einen reißenden Fluß reiten. Und plötzlich ist das Maultier weg. Es war ertrunken. War das ein Theater in dem Dorf! Der Campesino wollte gar nicht mehr aufhören zu schimpfen. Was glaubst du, was der als erstes macht, wenn er schreiben gelernt hat. Er schreibt einen gepfefferten Beschwerdebrief an den Innenminister. Das ist doch klar. Aber da, wo wir hin fahren, gibt es ja zum Glück weder Pferde noch Maultiere. Dafür ist die Insel viel zu klein. Und dann kann uns wenigstens sowas nicht passieren. Aber wenn du wirklich nichts besseres zu tun weißt, dann sammel doch erstmal Geschichten. Davon hast du auf der Insel schnell einen Sack voll.«

»Meinst du das ernst?« fragt Manuel.

»Eigentlich schon«, sagt Sergio. »Warum soll man sowas nicht auch mal machen.«

»Eine Geschichte habe ich schon«, sagt Manuel. »Sie handelt von einem Trommler. Die wollte ich mir schon von selber aufschreiben. Wenn jetzt noch andere dazukommen, macht mir das sicher Spaß.«

»Man lernt die Leute auch durch das kennen, was sie erzählen, worüber sie lachen und wie sie sich die Welt erklären. Das ist auf den Inseln alles ganz anders als in Managua, wo die Leute ihre Geschichten nur aus dem Kino und dem Fernsehen haben. Und außerdem kannst du ja gleich damit anfangen«, sagt Sergio und zeigt auf die Campesinos vorne im Boot.

Manuel möchte wirklich gleich anfangen. Er ist gespannt und neugierig auf die Leute, bei denen er leben wird. Er wird bald an den Ort kommen, wo er siegt oder auf die Nase fällt. Hinten am Horizont sieht man jetzt kleine schwarze Punkte, die langsam breiter und größer werden. Es sind die Inseln von Solentiname.

# IV.

# Eine Insel im See

# 1. Vom mißtrauischen Blick

»Du kannst ja gleich damit anfangen«, hatte Sergio gesagt und auf die Campesinos vorne im Boot gedeutet. Manuel schaut zu den Campesinos hinüber. Vielleicht kann er mit ihnen ein Gespräch anfangen. Und vielleicht muß er schon morgen mit ihnen zusammen lesen und schreiben üben. Aber keiner von den Campesinos redet ein Wort. Mißtrauisches Schweigen.

Nicht weit von Manuel sitzt einer in einem knallbunten Hemd. Er hat ein zerfurchtes Gesicht und sieht aus, als hätte er noch nie in seinem Leben gelacht. Seine Frau sitzt ihm gegenüber. Auch sie guckt nicht allzu freundlich. Paco wird besonders mißtrauisch beäugt. Auch von den anderen Campesinos. Eigentlich sieht er ja auch ziemlich gefährlich aus, mit seinem langen Messer und seinen Patronentaschen. Und daß in den zwei zusammengeschnürten Zementsäcken eine Gitarre ist, können die Campesinos ja auch nicht wissen.

Manuel hat sich die ersten Campesinos von Solentiname anders vorgestellt. Warum waren die ganz anders als die in San Miguelito? Die hatten mit einem Spruchband und einem Trommler dagestanden. Und die hier saßen da und guckten mißtrauisch. So als seien Manuel und die anderen gar nicht hierhergekommen, um ihnen zu helfen. Sollte der Mann in San Carlos doch recht behalten, der gesagt hatte, die Campesinos würden ihnen was husten? Jetzt sah es fast so aus. Alle hier hatten harte und verschlossene Gesichter. Einmal hatte Manuel von solchen Gesichtern geträumt. Und jetzt saßen sie vor ihm. Diesen Leuten wird er nie Lesen und Schreiben beibringen können.

Die dunklen Punkte am Horizont haben jetzt die Umrisse von Inseln angenommen. Solentiname kommt immer näher. Manuel schaut auf die fernen Inseln. Vielleicht wird die Zeit dort eine Quälerei für ihn und er wird als Verlierer wieder nach Hause fahren. Schließlich hat er so etwas noch nie gemacht. Worauf hat er sich da nur eingelassen? Aber die andern sind ja auch noch da. Sergio war schon einmal auf den Inseln und kennt die Leute. Und Paco sieht auch nicht so aus, als würde er sich schnell unterkriegen lassen. Maria hat vielleicht genausoviel Angst wie er. Aber vielleicht konnte sie auch kämpfen, nur auf ihre Weise.

Jetzt kann Manuel schon ganz deutlich einzelne Inseln unterscheiden. Eine ist sehr groß, und abseits davon liegen viele kleine und winzige Inseln. Ab und zu kommen sie an Schilfwäldchen vorbei, die mitten im See schwimmen. Auf einer dieser kleinen schwimmenden Inseln steht bewegungslos ein schneeweißer Reiher. Der Wind bläst von Süden herüber, und am Him-

mel türmen sich gewaltige Wolkengebirge. Die ganze Welt ist in Bewegung. Nur der schneeweiße Reiher steht da wie ein Wesen, das nicht zu dieser Welt gehört. Das leuchtende Weiß des Reihers sieht man schon von weitem. Nur die Fische im Wasser sehen es nicht, wenn sich hinter dem Reiher die weißen Wolken auftürmen. Das ist ihr Verhängnis.
Vielleicht ist der weiße Reiher auf seiner winzigen Insel der erste geheimnisvolle Gruß aus der Inselwelt von Solentiname. Manuel wünscht sich, daß es doch eine Entdeckungsreise mit vielen Geheimnissen wird. Und Manuel will den Geheimnissen auf den Grund gehen.

## 2. Von einer Zementsackgitarre und einem singenden Bauern

»Kannst du deinen Rucksack nicht mehr in die Mitte stellen. Sonst hängt das Boot schief, und ich habe keine Lust, nach Hause zu schwimmen!« sagt einer der Campesinos zu Manuel. Die Wellen sind stärker geworden. Der Bootsmann muß geschickt steuern, damit das Boot nicht allzusehr schwankt. Manuel rückt seinen Rucksack zurecht. Man muß hier auch auf Kleinigkeiten achten, sonst gibt es Ärger.
Sergio hat die ganze Zeit schweigend auf den See geschaut. Die Inseln, die immer näher kommen, fesseln seine ganze Aufmerksamkeit.
»Es ist wie ein Traum«, sagt er, »diese ganze Inselwelt. Ein dunkelgrüner Traum, durch den die weißen Reiher fliegen. Und die Leute, die Leute sind hier anders als in Managua oder sonstwo in der Stadt. Und sie sind sehr freundlich. Das wirst du bald sehen.«
»Auch die da vorn im Boot?« fragt Manuel.
»Auch die«, sagt Sergio. »Das sind Leute von den Inseln. Das sieht man sofort.« Auwei, denkt Manuel.
»Manchmal sind sie nicht gleich von Anfang an freundlich. Aber das hat nichts zu sagen. Früher war es so, daß sie von Fremden meist nichts Gutes zu erwarten hatten. Vielleicht ist davon was hängen geblieben!« sagt Sergio.
Inzwischen ist es Abend geworden. Die Sonne taucht in den Wolkengebirgen unter. Am Horizont sieht man einen breiten goldenen Streifen aus dem Licht der Abendsonne. Davor liegen der See und die Inseln.
Es ist, als habe der Sonnenuntergang die Stimmung im Boot verändert. Vorn am Bug ist einer aufgewacht, der

die ganze Zeit geschlafen hat. Die Campesinos erzählen sich Geschichten vom Markt in San Carlos. Aber ihre Gesichter sind immer noch ziemlich ernst. Nur einer von ihnen lacht und beginnt, ein Lied zu singen. Aber er hört schnell wieder auf. Dann ist es im Boot wieder ganz still. Paco fängt an, seine zwei kunstvoll ineinandergeschnürten Zementsäcke auseinanderzuknoten. Das dauert seine Zeit. Die Campesinos betrachten interessiert jede seiner Bewegungen. Endlich hat Paco alle Verschnürungen gelöst. Er zieht den einen Zementsack aus dem anderen, und man sieht den Hals einer Gitarre.

»Eine Gitarre, tatsächlich eine Gitarre«, sagt der Campesino, der die ganze Zeit ziemlich mißtrauisch geschaut hat. Jetzt lächelt er sogar.

»Er hat in den zwei Papiersäcken eine Gitarre mitgebracht. Was es alles gibt!« sagt er zu seiner Frau. Die Gitarre ist schon ziemlich alt.

Neben das Schalloch hat Paco eine Palme gemalt, auf der ein Affe sitzt und Gitarre spielt.

»Die Gitarre hat mich keinen Pfennig gekostet«, sagt Paco. »Ich hab sie geschenkt bekommen. Aber da war sie eigentlich hinüber. Der ist einer mit dem Fahrrad über den Hals gefahren. Sie hatten um vier Pesos gewettet, daß die Gitarre nicht kaputt geht.«

»Erzähl keine langen Geschichten, spiel uns was vor!« sagt Maria.

Paco fängt an, seine Gitarre zu stimmen. Das dauert seine Zeit.

»Man kann sie noch stimmen«, sagt er fachmännisch.

»Vielleicht ist er ein Künstler«, murmelt die Frau dem Campesino zu.

Paco fängt an zu spielen und singt dazu einen Schlager, frisch aus der Musikbox. Jetzt ist die Stimmung wie

umgewandelt. Als Paco mit dem zweiten Lied aufhört, klatschen einige von den Campesinos sogar. Die Frau gibt Sergio eine große, saftige Mangofrucht.
»Hier«, sagt sie, »könnt ihr alle mal reinbeißen!«
Die Mangofrucht ist wirklich sehr saftig. Zum Schluß wandert sie zu Paco. Er ist der einzige, der sich beim Hineinbeißen nicht bekleckert. Dann greift sich ein anderer die Gitarre. Es ist der Campesino mit dem zerfurchten Gesicht und dem knallbunten Hemd. Er kann tatsächlich Gitarre spielen. Das merkt man schon daran, wie er die Gitarre hält. Sein vorher so strenges Gesicht sieht jetzt gütig und entspannt aus. Er lehnt sich etwas zurück, spielt ein paar Takte, und dann fängt er an zu singen.
Er singt ein ganz trauriges, altes Lied, eine Liebesromanze. Das Lied erzählt von einer jungen Frau, die ihren Geliebten unter einem Blütenbaum am Seeufer kennenlernt. Der Baum bekommt jedes Jahr schönere Blüten. Aber eines Tages muß ihr Geliebter fort, und die Frau wartet lange Jahre auf ihn. Eines Tages hört der Baum auf zu blühen, und sie weiß, daß ihr Geliebter gestorben ist. Der Campesino singt das Lied ganz zart und traurig, so als würde ihn die Geschichte selbst am meisten rühren. Als er fertig ist, sagt seine Frau:
»Er singt immer dasselbe Lied, als ob er keine anderen Lieder könnte!«
Aber die anderen im Boot klatschen. Sie haben das Lied heute zum ersten Mal gehört. Der Campesino will die Gitarre an Paco zurückreichen.
»Noch eins, noch eins«, rufen die anderen.
»Ich kann sonst nur Kirchenlieder«, sagt der Campesino.
»Ist egal«, sagt Sergio, »Musik ist Musik!«
»Ich finde solche Lieder schön«, sagt Maria, »warum soll man sie immer nur in der Kirche singen?«
Der Campesino läßt sich nicht lange bitten.

»Macht die Augen zu«, sagt er geheimnisvoll. Dann ahmt er verschiedene Vogelstimmen nach. »Gri ... gri ... gri ... gugulu ... gugulu ... gugulu, krrta ... krrrta ... gügüg ...« Es ist wie ein Morgen im Urwald, und dann fängt er an zu singen:

»Hoch oben in den Bergen,
da hört man ganz, ganz früh
die vielen Vögel singen
und auch den Kolibri.

Auch hört man ganz hoch oben
den kleinsten Zimmermann.
Er hämmert sich die Höhle,
in der er wohnen kann.

Ich singe wie der Vogel
für dich mein Herr hoch oben
um Kraft und auch um Liebe
und will dich immer loben.

Denn du warst ein Rebell
und warst zu jeder Zeit
ein Kämpfer gegen Lüge
und Ungerechtigkeit.«

Alle finden das Lied schön. Es ist ein lustiges Lied und zugleich ein frommes Lied. Trotzdem kann sich Manuel nicht vorstellen, daß es in einer Kirche gesungen wird.

## 3. Von einem selbstgemalten Bild und dem Sandino-Vogel

»Das Lied stammt aus der Zeit, als der Padre Cardenal noch hier war«, sagt der Campesino. »Da haben wir solche Lieder in der Kirche gesungen, und das Malen und das Holzschnitzen hat er uns auch beigebracht. Das machen wir heut noch. Dabei ist der Padre schon lange weg.«

Er zeigt Paco und Manuel einen Karton mit Farbtuben und ein Bündel Malpinsel, die er in San Carlos gekauft hat.

»Und was ist das da?« fragt Maria.

»Es ist das erste, große Bild, das er gemalt hat. Ich finde, es ist auch sein schönstes. Wir haben es in San Carlos reparieren lassen«, sagt die Frau.

Man merkt, daß sie sehr stolz auf das Bild ist. Vorsichtig packt sie es aus. Der Campesino hat eine Insel gemalt: riesige alte Bäume, dunkelgrüne Büsche, blühende Bananenstauden und rote, fremdartige Blumen. Alles ist fein säuberlich neben- und übereinander gemalt. Auch Vögel sind auf dem Bild: Reiher, Tauchervögel, Wildenten und ein Vogel, der nur zwei Farben hat – Schwarz und Rot. Die Farben des Bauerngenerals Sandino.

»Da ist der Sandino-Vogel«, sagt der Campesino.

»Gibt es den wirklich, oder ist der nur ausgedacht?« fragt Paco.

»Den gibt es und wie! Ihr werdet ihn sicher selber noch sehen!«

»Aber warum war das Bild in Reparatur?« fragt Maria.

»Das war wegen der Nationalgarde«, sagt der Campesino, »die sind damals hierhergekommen und haben alle Hütten zerstört. Das war in Mancarron, wo der Padre und seine Leute wohnten. Viele von uns sind nach Costa Rica über die Grenze geflohen. Aber ich und meine Frau sind dageblieben. Wir haben gedacht, zu uns kommen sie nicht. Und dann sind sie doch gekommen ...

»Wo habt ihr das Propagandamaterial versteckt?« haben sie uns angeschrien.

»Wir sind gute Christen, wir haben kein Propagandamaterial«, haben wir gesagt. Daraufhin haben sie die ganze Hütte durchwühlt. Aber sie haben nichts gefunden. Und darüber sind sie nur noch wütender geworden. Und einer von ihnen ist schließlich mit dem blanken Messer auf das Bild los und hat dreimal hineingestochen. Und da konnte ich nicht mehr. Ich habe angefangen zu weinen. Vielleicht hat der eine gemerkt, daß etwas besonderes mit dem Bild war. Vielleicht war er nur so wütend, weil er Angst vor einem Anschiß hatte, wenn er mit leeren Händen zurückkommt. Jedenfalls hat er sich wieder beruhigt und gefragt: »Hat das Bild einer von euch gemalt?«

»Das war ich«, habe ich gesagt, »und jetzt ist es kaputt«.

Da ist er rausgegangen, und sie haben uns von da an in Ruhe gelassen.

Sie gingen weg und kamen nicht wieder.

Wir haben uns das Bild angeschaut, und meine Frau hat gesagt:

»Nach den Sandino-Vögeln hat er gar nicht gestochen!«

Und ich habe gesagt: »Nein, die hat er gar nicht gesehen, in seiner Wut.«

## 4. Von der Ankunft auf der Insel

Das Boot fährt auf den Landungssteg einer großen, mit Wald bewachsenen Insel zu. Manuel sieht Bäume, die er vorher noch nie gesehen hat. Ihre Äste hängen bis in den See hinein. Unten am Ufer wachsen Pflanzen mit regenschirmgroßen Blättern und undurchdringliche Büsche. Aber hinter dem Landungssteg ist ein Stück freies Land. Oben auf dem Ufer sieht man kleine, aus Holz gebaute Häuser und daneben sogar die Zaunpfähle einer Viehweide.
»Ist das unsere Insel?« fragt Manuel.
»Nein, unsere liegt da drüben. Aber wir sind gleich da«, sagt Sergio.
Die Campesinos haben ihre Sachen zusammengepackt und steigen einer nach dem andern aus dem Boot. Als das Boot wieder ablegt, stehen sie noch am Ufer und winken. Manuel tut es jetzt fast ein bißchen leid, daß sie sich schon trennen müssen. Paco winkt mit seiner Gitarre zurück. Dann steigen die Campesinos die Uferböschung hinauf. Die Insel wird immer kleiner. Das Boot fährt zurück in den See und nimmt Kurs auf eine andere Insel. Und das ist endlich ihre Insel. Dort wird die Endstation ihrer Reise sein und dort werden sie einen neuen Anfang machen. Jedenfalls werden sie es versuchen. Sergio wird noch ein paar Tage bei ihnen bleiben. Dann wird er auf die andern Inseln und nach San Carlos fahren, um zu sehen, wie es da läuft.
Jetzt sind es nur noch einige hundert Meter bis zur Insel. Manuel sieht nur Wald auf der Insel, undurchdringlichen Urwald, der sich düster in den Abendhimmel erhebt. Wasservögel flattern erschreckt auf oder tauchen vor dem Boot in die Tiefe. Aus dem Urwald

hört man eigenartige Krächz- und Pfeiflaute. Manchmal platscht etwas am Ufer ins Wasser. Dann ist es wieder ganz still. Nur von Menschen fehlt jede Spur. Manuel sieht keine Hütten, keinen Landungssteg und nicht mal die Pfähle einer Viehweide. Aber da biegt das Boot um einen Inselvorsprung in eine Bucht ein, und hier sieht alles anders aus.

An einem robusten Landungssteg sind zwei Boote befestigt. Dahinter führt ein schmaler Weg steil durch den Wald die Uferböschung hinauf. Oben sieht man das Dach eines Holzhauses, über dem der Rauch in den Abendhimmel steigt. Weiter hinten fängt freies Feld an, auf dem einige von Bananenstauden und Büschen umgebene Hütten stehen. Ein paar Kinder haben unten am Landungssteg gewartet.

»Sie kooommeeeeen!« rufen sie die Uferböschung hinauf. Oben hört man laute Rufe und dann plötzlich unregelmäßig hintereinander Gewehrschüsse. Paco wirft sich so schnell er kann vor dem Bootsmann auf den Boden. Um ein Haar wäre das Boot umgekippt. Dann wird oben eine Rakete gezündet. Sie saust pfeifend in den jetzt fast dunkelen Abendhimmel und löst sich oben in hellgrüne Leuchtkugeln auf. Das Boot legt an. Fast alle Inselbewohner sind zur Begrüßung gekommen. Sergio springt als erster an Land. Er wird umarmt wie ein alter Freund. Dann steigen auch die anderen aus dem Boot. Ein herzliches Willkommen-Rufen, Guten-Abend-Sagen, Umarmen, Händeschütteln und Auf-die-Schulter-klopfen fängt an. Manuel hat sich den Empfang nicht so herzlich vorgestellt. Ein paar Männer und Frauen mit Gewehren sind auch dabei. Sie gehören zu den Schutzkomitees, die es überall im Land gibt.

»Und ich dachte schon, es wäre ein Überfall«, sagt Paco erleichtert.

»Es war auch einer«, sagt eine Frau, »sonst wärt ihr

doch sicher an unserer kleinen Insel vorbeigefahren-.«Dann wird das Gepäck und die Ausrüstung den schmalen, steilen Weg hinaufgeschleppt. Alle helfen mit, besonders die Kinder. Oben auf dem Ufer ist vor einem einfachen Holzhaus ein Tisch gedeckt. Hier werden sie von Marcelina, einer älteren Frau, noch einmal empfangen. Sie hat Reis mit schwarzen Bohnen, gebratene Bananen und Fisch gemacht. Dazu gibt es einen dunkelvioletten Saft, der im Kerzenlicht besonders giftig und gefährlich aussieht. Es ist Pitayasaft, und er schmeckt wie Apfel, Zitrone und Apfelsine zusammen. Manuel fühlt sich schon am ersten Abend fast wie in einer großen Familie.

Die erste Nacht schlafen sie in einem kleinen Holzhaus, das zweihundert Meter weiter steht. Die Leute nennen es 'die Schule'. Als der Padre Cardenal noch auf der Nachbarinsel lebte, wurde in diesem Haus kostenloser Unterricht erteilt. Später ist es als Stall und Scheune benutzt worden, und jetzt hat es neue Bewohner bekommen.

Morgen werden Manuel und die anderen zum ersten Mal mit den Campesinos auf die Felder gehen. Und gegen Abend wird Manuel seine Lampe anzünden und zum ersten Mal mit Menschen zusammensitzen, um ihnen etwas Lebenswichtiges beizubringen.

## 5. Von der Arbeit im Maisfeld

Bevor Manuel Lehrer ist, ist er Lehrling. Lehrling bei Clodomiro, dem Mann von Marcelina. Clodomiro ist achtundfünfzig, seine Frau sechzig Jahre alt. Beide sind fast ein ganzes Menschenleben älter als Manuel. Sie haben immer auf dieser Insel gelebt. Nur ein paar Mal sind sie zum Markt nach San Carlos gefahren. Das war die weiteste Reise in ihrem Leben. Clodomiro ist Campesino. Sein Vater war Campesino und sein Großvater auch. Manuel hat noch nie eine Hacke in der Hand gehabt. Er hat noch nie auf einem Maisfeld gearbeitet. Clodomiro ist jetzt sein Lehrer und Manuel ist der Lernende. Abends ist es umgekehrt. Manuel ist dann der Lehrer und Clodomiro der Lernende. So jedenfalls stellt sich Manuel das vor.

»Es ist schlechtes Wetter, du kannst aufs Feld«, hatte Marcelina zu Clodomiro gesagt. Der Himmel war bewölkt, und schon am frühen Morgen hatte es geregnet. Der See war düster und grau. Nur ganz hinten am Horizont sah man einen hellen leuchtenden Streifen. Ziemlich trübes Wetter für einen Anfang am Anfang der Welt. Clodomiro drückte Manuel eine Hacke in die Hand. Dann setzt er sich einen übergroßen Strohhut auf. »Wegen der Sonne«, sagt er. Es sieht nicht so aus, als würde die Sonne an diesem Tag auch nur eine Minute scheinen.

Die beiden steigen auf einem steinigen Pfad ins Innere der Insel. Manchmal ist der Pfad glitschig. Manuel braucht seine ganze Geschicklichkeit, um nicht auf die Nase zu fallen. Das kostet Kraft und Nerven. Nach zehn Minuten schon möchte sich Manuel ausruhen. Aber Clodomiro schaut sich nicht einmal um. Er läuft

einfach weiter. Der Pfad wird immer steiler und der Wald immer dichter. Endlich kommen sie an eine Lichtung. Hier hat Clodomiro mehrere kleine Felder. Er hat Mais, Melonen und Bohnen angepflanzt.
Manuel fühlt sich, als hätte er schon drei Stunden gearbeitet. Er läßt seine Hacke ins Gras fallen und setzt sich daneben. Hoffentlich mache ich nicht gleich am ersten Tag schlapp, denkt er. Clodomiro hat auch Schweißtropfen auf der Stirn. Aber er setzt sich nur kurze Zeit neben Manuel. Dann nimmt er seine Hacke und geht, ohne ein Wort zu sagen, zum Waldrand hinüber. Er hat dort ein kleines Stück Land gerodet. Aber der Urwald will es nicht hergeben. Wenn sich Clodomiro nicht immer wieder um das Feld kümmert, wächst es von heute auf morgen zu. Clodomiro fängt langsam und bedächtig an zu arbeiten. Er schaut nicht einmal zu Manuel hinüber. Aber gerade deshalb meldet sich bei Manuel das schlechte Gewissen. Seine Hacke liegt neben ihm. Manuel möchte auch nicht, daß Clodomiro heute den Bleistift nicht anrührt und das Papier aus dem Heft weiß bleibt.
Er steht auf und geht zu Clodomiro.
»Hoffentlich bleibt heute die Sonne weg«, sagt Clodomiro und hackt weiter. Manuel weiß nicht, was Clodomiro gegen die Sonne hat. Es ist ja jetzt schon drükkend schwül und heiß. Wenn die Sonne scheint, ist wenigstens der Himmel blau. Die Wolken und der See sehen dann viel schöner aus.
»Nimm das Stück da drüben«, sagt Clodomiro, »da kommt der Wald nicht richtig hin!« Dann hackt er langsam und bedächtig weiter. Trotzdem hat Manuel das Gefühl, daß Clodomiro die Arbeit sehr anstrengt. Manuel fängt an zu hacken. Der Boden ist steinig. Manche Pflanzen müssen mit der Hand herausgezogen werden. Manuel will zeigen, was er kann. Mit einer Hacke umzugehen, ist schließlich nicht schwer. Bald

kennt er die einzelnen Pflanzen- und Wurzelarten und weiß, wie man sie am besten aus der Erde bekommt. Manche sind ganz schnell draußen, bei anderen muß er ziemlich lange hacken und ziehen.
»Nicht so schnell«, sagt Clodomiro, »wir haben Zeit«. Manuel merkt, wie seine Arme schwerer werden. Jetzt arbeitet er so schnell wie Clodomiro, und Clodomiro ist ein alter Mann. Aber er arbeitet gleichmäßig. Manuel wird immer langsamer. Seine Arme sind schließlich schwer wie Blei. Er kriegt die Hacke kaum noch hoch. Schließlich muß er sich ausruhen. Dann fängt er wieder an. Diesmal langsamer als zuvor. Aber er muß in immer kürzeren Abständen Pause machen. Dann ist endlich Mittag. Sie essen Reis mit schwarzen Bohnen, den ihnen Marcelina in die Blätter von Bananenstauden eingewickelt hat. Hinterher holt Clodomiro Mangos direkt aus dem Wald. Manuel ist so erschöpft, als hätte er eine Woche lang gearbeitet. Er hat Schwierigkeiten, seine Hände zum Mund zu heben. Was sie hier oben machen, das ist keine Arbeit. Das ist Quälerei. Wie kann man so etwas nur einen Tag ... eine Woche ... oder ein ganzes Leben lang aushalten?

## 6. Von der Angst um die Mittagszeit

»Bald haben wir für heute genug gearbeitet«, sagt Clodomiro. »In einer Stunde sind wir fertig.« Das Feld sieht jetzt auch wirklich anders aus als vorher. Ungefähr ein Drittel müssen sie noch schaffen. Endlich kommt auch die Sonne heraus, zuerst nur mit ein paar Sonnenstrahlen. Aber dann sind die düsteren Wolken verschwunden. Bald liegen Insel und See in strahlendem Sonnenschein.

»Verdammte Sonne«, sagt Clodomiro, »die geht jetzt so schnell nicht mehr weg ...« Er setzt sich ein paar Minuten an den Waldrand, als wollte er beobachten, wie es ist, wenn die Sonne auf sein Feld scheint. Dann arbeitet er weiter. Zwischendurch richtet er sich in immer kürzeren Abständen auf und wischt sich den Schweiß von der Stirn.

»O, diese Schmerzen«, sagt er plötzlich und greift sich an den Kopf. Er blickt zu Manuel hinüber. Aber es ist, als würde er durch Manuel hindurchgucken. Dann arbeitet er weiter. Manuel bemerkt, daß seine Bewegungen immer langsamer werden. Ganz in der Ferne sieht Manuel ein Flugzeug über dem See. Vielleicht ist es das Flugzeug, das von San Carlos nach Managua fliegt. Manuel hört aus der Ferne das Motorengeräusch wie ein feines leichtes Summen. Alles muß schön sein dort hinten, leicht und schön. So halb im Himmel. Aber seine Arme sind schwer wie Blei. Am liebsten möchte er sich einfach hinlegen und schlafen.

Plötzlich packt ihn Clodomiro am Arm. Manuel zuckt zusammen und ist wieder hellwach. Clodomiros Gesichtsausdruck hat sich verändert. Aber ringsherum ist alles genau wie vorher. Ab und zu schreit ein Vogel

durch die Mittagshitze. Sonst ist es unheimlich still. Das Flugzeug in der Ferne hört man nicht mehr.
»Manchmal denke ich, sie kommen wieder«, sagt Clodomiro.
»Wer«, fragt Manuel.
»Damals sind sie auch um die Mittagszeit gekommen«, sagt Clodomiro.
»Aber ich sehe nichts«, sagt Manuel.
Er guckt überall herum. Alles ist ruhig, nirgendwo die kleinste Bewegung. »Es ist doch alles ganz ruhig«, sagt er zu Clodomiro. Aber er ist sich nicht ganz sicher. Clodomiro lebt schon lange Jahre auf der Insel. Und Clodomiro kennt sich hier aus. Er kennt die Gefahren, die es hier gibt. Vielleicht hat Manuel noch keinen Blick dafür.
Aber alles ist jetzt so wie vorher auch. Nur die Sonne scheint noch heißer.
»Die Stille täuscht«, sagt Clodomiro. »Damals war es genauso. Zuerst hört man sie ganz von ferne, und plötzlich sind sie da. Sie kommen immer mittags, wenn es ganz heiß ist. Und sie greifen dich und werfen dich auf den Boden. Und du kannst wimmern, und du kannst jammern. Es nützt alles nichts. Du kannst dich bekreuzigen, und sie lachen darüber.
Manche kommen aus der Luft und manche vom See. Es sind immer viele. Sie schreien und stoßen dich, und haben immer das gleiche Gesicht aus Wachs. Ihre Tritte sind so hart wie Stein. Und dann schlagen sie dir auf den Kopf und sagen: Rede Clodomiro, sonst wirst du ewig hier liegen und dich in der Sonne krümmen wie ein elender Wurm. Aber Clodomiro kann nicht reden. Clodomiro kann nur schreien und jammern. Und dann richten sie die Sonne auf dich, und die Sonne blendet deine Augen. Clodomiro kann nichts sehen, und sein Kopf ist voll von bösem rotem Schmerz, der zuckt und hämmert. Du bist schuldig, sagen sie, und

wir werden dich zertreten wie eine Wanze in der Mittagssonne. O, mein Kopf, mein armer Kopf!«
Die letzten Worte hat Clodomiro fast geflüstert. Manuel sieht, daß Clodomiro große Angst hat. Aber jetzt atmet er ruhiger.
»Wir müssen nach Hause«, sagt er. »Wenn die Sonne scheint, kommen immer diese verdammten Kopfschmerzen.«

## 7. Von Clodomiro, vom Schreiben können und von Kopfschmerzen

Clodomiro hat sich wieder beruhigt. Seine Angst und seine Angstgedanken sind schnell verschwunden. Er muß irgendwann etwas sehr Schlimmes erlebt haben.
»Du hast gut gearbeitet«, sagt Clodomiro, »für den ersten Tag war das wirklich nicht schlecht! Aber die Hauptsache ist, daß du nicht krank wirst und daß du dich nicht zu sehr anstrengst!«
Manuel lernt Clodomiro jetzt von einer ganz anderen Seite kennen. Er ist fast wie ein fürsorglicher Vater. Und er will jetzt auch alles mögliche von Manuel wissen. Das Leben in der Hauptstadt interessiert ihn sehr. Er kann nicht verstehen, daß so viele Menschen an einem Ort leben können.
»Die brauchen doch Land, um Mais und Bohnen anzubauen, sonst müssen sie doch verhungern!... Aber wenn es da so viele Autos gibt , wie du sagst, dann können sie ja die Sachen von überall herholen.« Das sieht Clodomiro ein.
»Einmal fahren wir zusammen nach Managua«, sagt er, aber nur für drei Tage. Länger halte ich das da sowieso nicht aus!«
Manuel ist froh. Er wird im Unterricht viel zu erzählen haben, wenn alle so neugierig sind wie Clodomiro. Und Clodomiro ist sicher der älteste Schüler.
Sie steigen den felsigen Pfad zum Haus hinunter.
»Wann fängt der Unterricht an?« fragt Clodomiro.
»Um sechs«, sagt Manuel, »er geht ungefähr bis um acht. Das ist hoffentlich nicht zu lang für Sie!«
»Wieso für mich! Ich kann doch schon schreiben, und

die Zahlen kann ich auch. Mich hat noch nie jemand auf dem Markt beschissen. Und ich unterschreibe nicht mit dem Daumen, sondern richtig mit Buchstaben. So wie die Leute in der Hauptstadt. Und weißt du, wie lang ich das schon kann?«
»Nein«.
»Seit dreißig Jahren«, sagt Clodomiro stolz, »aber meine Frau kann überhaupt nicht schreiben. Keinen einzigen Buchstaben. Sie muß immer mit dem Daumen unterschreiben. Das geht schon so, seitdem ich sie kennengelernt habe. Und das wird wohl auch immer so bleiben.«
Manuel ist enttäuscht. Er hat doch Clodomiros Namen auf der Schülerliste gesehen. Er kann sich ganz genau daran erinnern. Und jetzt sollte das alles nicht wahr sein. Er hatte sich das so schön vorgestellt. Zuerst lernt er von Clodomiro, und dann lernt Clodomiro von ihm. Wenn Manuel die Hacke in der Hand hält, ist er Lehrling, und wenn Clodomiro den Bleistift in der Hand hält, ist er Lehrer. Aber jetzt war er nur noch Clodomiros Lehrling, und Clodomiro würde nie zu Manuel in den Unterricht kommen.
Inzwischen haben sie das Haus erreicht. Clodomiro nimmt die Hacken und hängt sie hinten in den Stall. Manuel ist durstig und müde. Marcelina bringt ihm eine Tasse heißen Kaffee.
»War die Sonne schlimm?« fragt sie. »Heute morgen sah es nicht so aus, als würde die Sonne noch rauskommen. Dann bekommt mein Mann immer diese Kopfschmerzen und seine alte Angst. Aber meistens geht es schnell vorbei. Weißt du, einmal hat die Nationalgarde meinen Mann geschnappt. Er wollte zu Verwandten auf Besuch. Sie haben ihn fast eine Stunde lang in der hellen Mittagssonne gefoltert. Einer von ihnen hat ihm gegen den Kopf getreten. Und dann sind sie mit einem Flugzeug und mit den Motorbooten wieder weggefah-

ren. Es war wie ein Spuk. Und seitdem hat er oft diese Schmerzen, wenn ihm die Sonne auf den Kopf scheint. Du darfst nicht mehr so viel arbeiten, sage ich immer. 'Wovon sollen wir dann leben?', sagt er. 'Dann hör wenigstens auf zu arbeiten, wenn die Sonne scheint', sage ich. 'Dann frißt der Urwald meine Felder!' sagt er. So geht das jeden Tag.«
Manuel möchte Marcelina noch viel fragen. Aber er hat jetzt keine Zeit. Er muß sich noch einmal auf seine erste Unterrichtsstunde vorbereiten. Er muß seine Bleistifte, Hefte und natürlich die Lampe holen. Wenn es dunkel wird, fängt der Unterricht an.

## 8. Von Manuels erster Unterrichtsstunde

Um sechs Uhr abends sind alle zum Unterricht versammelt. Nur einer fehlt. Der Lehrer. Manuel.
Er wollte sich nur ein Viertelstündchen in die Hängematte legen. Und jetzt schläft er tief und fest. – Der Unterricht findet vor dem Haus von Marcelina statt. Maria unterrichtet in der 'Schule' und Paco in einem Haus am anderen Ende der Insel.
»Sollen wir ihn wecken?« fragt Marcelina. »Sicher ist der arme Junge erschöpft von der Arbeit. Vielleicht hat er sowas noch nie in seinem Leben gemacht. Ich glaube, er ist aus einer vornehmen Familie.«
Aber die anderen wollen anfangen. Zunächst versuchen sie, Manuels Lampe anzuzünden. Aber keiner schafft es.
»Verflixte Lampe!« flucht Tito.
Manuel wacht erschreckt auf. Beinahe hätte er das Wichtigste verschlafen. Die Lampe hat er schnell angezündet. Alle staunen. Eine so helle Lampe haben sie noch nie gesehen.
»Fast wie eine elektrische«, sagt Marcelina. »Aber paß auf, daß kein Brennstoff auf den Tisch tropft. Sonst wird Clodomiro böse. Er hat ihn extra gemacht für den Unterricht. Aber er soll auch fünf Monate halten.«
»Aber Clodomiro fehlt«, sagt Manuel, »er hat mir gesagt, er kann schon schreiben. Er kann schon alles, was er braucht.«
Marcelina lacht: »Der Angeber, seinen Namen kann er schreiben und die Zahlen von eins bis zehn. Darauf ist er schon seit dreißig Jahren stolz. Aber seitdem hat er nichts mehr dazugelernt. Ich hab gesagt: 'Wir müssen beide mitmachen!' Aber er hat gesagt: 'Wir sind zu

alt.' Genau wie Eufemia, die da hinten in dem Haus wohnt. Die will auch nicht mitmachen. Ich glaube, sie schämt sich.«

Manuel nimmt sich vor, mit Eufemia und mit Clodomiro zu reden. Aber jetzt muß er endlich anfangen. Er zeigt seinen Schülern und Schülerinnen mehrere Bilder mit Texten.

Über eins von den Bildern wollen alle reden.

»Das ist Sandino«, sagt Tito, »das weiß hier jeder von uns!«

»Er hat in den Bergen gegen die Eindringlinge aus Nordamerika gekämpft«, sagt Marcelina. »Er war, wie man so sagt, ein starker Mann.«

»Aber Somoza hat gesagt, Sandino ist ein Bandit und ein Straßenräuber«, sagt ein Junge. – Alle in der Gruppe wissen irgendend etwas über Sandino.

»Sandino ist der Anfang für ein neues Nicaragua. Aber wir können mit dem Namen 'Sandino' auch noch einen anderen Anfang machen«, sagt Manuel, »mit diesem Namen können wir anfangen, das Lesen und Schreiben zu lernen. Unter Somoza war es lebensgefährlich, diesen Namen an die Häuser zu schreiben. Jetzt können wir alle lernen, wie man diesen Namen schreibt.«

Manuel schreibt 'SANDINO' an die uralte Schiefertafel, die extra aus San Carlos hierher geschafft wurde und jetzt an den Stützpfeilern vom Regendach befestigt ist. Die Lerner müssen das Wort in einzelne Silben trennen. Manuel schreibt die getrennten Silben an die Tafel: SAN-DI-NO.

Dann zeigt er ein Blatt, auf dem auch viele andere Silben stehen. Die Lerner müssen auf dem Blatt die Silben SAN-DI-NO wiedererkennen. Danach beginnt der Schreibunterricht.

Die Lerner müssen lernen, wie man den Bleistift richtig hält und wie man mit ihm schreibt, ohne daß die Spitze abbricht. jeder Buchstabe ist zunächst ein geheimnisvolles Zeichen, das nur mit unendlicher Mühe gelingt. Auch die kleinste Handbewegung erfordert genaueste Aufmerksamkeit. Sonst ist am Ende kein Buchstabe auf dem Papier, sondern ein Krakel, ein Linienmonster, das keiner versteht. Zuerst entstehen die Buchstaben ganz langsam. An jeder Biegung des Bleistiftweges muß genau überlegt werden. Und jedes 'N', jedes 'A' ist ein kleines Werk für sich. Es ist, als müßte jeder für sich die Schrift noch einmal erfinden. Dann werden die Bewegungen nach und nach schneller. Man muß nicht mehr an jeder Biegung des Bleistiftweges nachdenken. Die Jungen und Mädchen in der Gruppe haben es am schnellsten raus. Marcelina braucht sehr lange. Einmal legt sie den Bleistift hin und sagt: »Nein, das schaff' ich nicht. Clodomiro hat recht. Wir sind beide zu alt.« – Aber dann macht sie doch weiter. Manuel bewundert ihre Ausdauer. Dann lesen sie die getrennten Silben in verschiedenen Reihenfolgen vor.

Marcelina liest: SAN DI NO
Tito liest: NO DI SAN
Carlos liest: DI NO SAN
Margarita liest: NO DI SAN
DI DI NO SAN NO.

Margarita hat beim Lesen die wenigsten Schwierigkeiten. Auch den anderen fällt das Lesen leichter als das Schreiben. Aber auch hier müssen sie langsam anfangen und lange üben. Dann geht es plötzlich schneller. Mit den Silben aus dem Wort 'SANDINO' kann man auch andere Wörter bilden. Eins steckt schon drin, das Wort 'No' – 'Nein'.

»Sandino sagte 'No' – 'Nein' als er sich den USA ergeben sollte. Er war der einzige. Alle anderen Generale in Nicaragua haben sich damals ergeben.« sagt Tito. Manuel wundert sich, was die Lerner schon alles wissen.

»So anstrengend habe ich mir das nicht vorgestellt«, sagt Marcelina, »aber mit der Zeit geht es immer leichter.«

Alle aus der Gruppe können nach und nach verschiedene Buchstaben schreiben und auch lesen. Und sie können mit den Buchstaben andere Wörter bilden. Bald werden sie diese Wörter auch schreiben können. Sie lernen aber auch, daß die Worte etwas mit dem Leben der Menschen zu tun haben, daß in jedem Wort ein Stück Leben steckt. Das Wort 'SANDINO', das sind nicht nur sieben Buchstaben, es ist ein Zeichen für Anfang und Aufbau. Für Anfang und Aufbau eines neuen Nicaragua.

Manuel ist stolz auf seine ersten Unterrichtsstunden. Wenn es so weitergeht, ist es gut. Hoffentlich gibt Marcelina nicht auf und hoffentlich kommt Clodomiro noch dazu.

Als er eines Tages mit Maria unter einem blühenden Uferbaum sitzt, fährt ein Einbaum an ihnen vorbei. Zwei Jungen aus Manuels Gruppe winken ihnen zu. An den Bug ihres Einbaumes haben sie mit schwarzer Farbei zwei Hüte gemalt und dazwischen mühevoll sieben Buchstaben geschrieben. Manuel kann es genau lesen:

## 9. Von Schülerproblemen

Manuels Gruppe ist die kleinste. Aber schließlich ist er auch der jüngste von den Alphabetlehrern und muß sehen, wie er mit viel älteren Leuten zurechtkommt. Sie haben ihn bisher noch nicht ausgelacht. Wenn er nicht mehr weiter weiß, versuchen sie meistens ihm zu helfen. Besonders Marcelina ist froh, wenn sie Manuel einmal helfen kann. Er wohnt jetzt im Haus von Marcelina und Clodomiro und fühlt sich dort wohl.

Der jüngste Lerner heißt Carlos. Er ist zehn Jahre alt und wohnt unten am Seeufer in einem kleinen Holzhaus. Seine Schwester heißt Margarita und ist zwölf. Manchmal bringen sie ihre jüngeren Geschwister mit in den Unterricht. Dann ist das Lernen ziemlich schwierig. Einmal bleibt Margarita ganz weg, weil sie auf alle ihre Geschwister aufpassen muß. Aber sie lernt schnell und holt deshalb auch schnell auf. Manchmal sagt sie zu Manuel 'Herr Lehrer'.

Carlos hat zusammen mit anderen Jungen einen alten Einbaum flottgemacht. Was sie im Unterricht gelernt haben, steht vorne an ihrem Boot. Carlos möchte eigentlich lieber in der Gruppe von Paco sein. Paco spielt Gitarre und das möchte Carlos viel lieber lernen. Aber Margarita wollte nicht zu Paco. Mit seinem langen Messer und seinen Patronentaschen sah ihr der zu gefährlich aus. Margarita hatte sich durchgesetzt. Schließlich hätten sie zu Paco immer über die halbe Insel laufen müssen.

Tito ist das egal. Er ist dreißig Jahre alt und hat zehn Kinder. Wegen der Kinder läuft er über die halbe Insel. Vier davon sind in Pacos Gruppe. Tito ist Pacos Lehrmeister. Aber nur auf den Feldern. Wenn Pacos

Unterricht anfängt, verschwindet Tito und läuft quer über die Insel zu Marcelinas Haus. Er möchte nicht mit seinen Kindern zusammen auf der Schulbank sitzen. »Das ist nichts für mich«, sagt er. »Schließlich bin ich der Vater und Hausherr!« Also läuft er quer über die Insel zu Manuel in den Unterricht.
Marcelina lernt am langsamsten. Aber sie gibt nicht auf. Jeder Buchstabe, jedes neue Wort, das sie schreiben kann, ist für sie ein besonderes Erlebnis. Sie ist stolz darauf und zeigt das auch ihrem Mann. Jeder kleine Erfolg steigert ihre Kraft. – Clodomiro ist unsicher geworden. Er sieht, wie schnell sich die Dinge ändern können. Dreißig lange Jahre war er es, der schreiben konnte und nicht seine Frau. Und das war auch richtig so, denn er war ja der Mann. Und ein Mann muß der Frau immer voraus sein, sagte sich Clodomiro. Und jetzt ist alles umgekehrt, und es hat weniger als zehn Tage gedauert. So kommt es, daß Clodomiro eines Tages Manuel fragt: »Ich habe es mir überlegt. Ich brauche Privatstunden im Lesen und Schreiben. Was willst du dafür haben?«
»Ich habe noch nie Privatstunden gegeben. Ich weiß nicht«, sagt Manuel. Er ist stolz, daß ihn Clodomiro gefragt hat. Aber er möchte Clodomiro keine Privatstunden, höchstens Nachhilfeunterricht geben. Dann soll Clodomiro auch in der Gruppe mitmachen. Als Belohnung soll er Manuel Geschichten für seine Sammlung erzählen.
Clodomiro ist kein Mann von schnellen Entschlüssen. Aber schließlich stimmt er zu. Nach zehn Tagen sitzt er neben Marcelina in der Gruppe und lernt auch. Nur mit Eufemia hat Manuel kein Glück.
»Dafür bin ich zu alt. So etwas gehört sich nicht!« Eufemia scheint sich fast ein bißchen zu schämen.
»Aber Marcelina ist noch sechs Jahre älter«, sagt Manuel.

Eines Tages redet Marcelina mit Eufemia. Das nächste Mal ist Eufemia auch im Unterricht. Aber nur zum Zugucken. Nach der Unterrichtsstunde wird Eufemia gesprächig. Sie erzählt Manuel sogar eine lange Geschichte.

## 10. Von der Indianerschildkröte

»Einmal waren die Indianer auf der Flucht. Sie flüchteten vor den weißen Männern, die über das Meer gekommen waren. Die weißen Männer suchten nach der Goldstadt 'El Dorado'. Wer sich ihnen in den Weg stellte, den schlugen sie tot. Viele starke Indianer hatten sie schon erschlagen.

Die, die übrig geblieben waren, liefen ins Grasland, um sich zu retten. Aber die weißen Männer waren schnell. Sie folgten ihnen mit Hunden und Pferden. Als sie schon ganz nahe heran waren, sagte eine alte Indianerin:

»Hört ihr das Bellen der Hunde und die Hufe der Pferde!
Schneller als die Schildkröte sind wir nicht.
Und niemand hält die Weißen auf.
So sind wir alle im Grasland verloren.«

Da sprang ein Kaninchen aus dem hohen Gras und rief: »Lauft nur weiter. Ich werde die weißen Männer aufhalten!« Die Indianer vertrauten dem Tier, obwohl es so klein war, und liefen weiter durchs Grasland. Das Kaninchen aber versteckte sich in dem Schädel eines Ochsenskeletts, das am Weg lag. Als die Weißen heran waren, begann das Ochsenskelett mit Grabesstimme zu sprechen: »Wer hier vorbeikommt, der wird bald genauso aussehen wie ich!« Da bekamen die Weißen einen Riesenschreck. Zuerst wollten sie gar nicht weiter, aber dann machten sie einen großen Bogen um das Ochsenskelett, und es dauerte fast drei Stunden, bis sie die Spur der Indianer wiedergefunden hatten. Die Indianer aber liefen weiter ins Waldland, um sich zu retten. Aber die Weißen waren schnell. Als sie ganz nahe heran waren, sagte die alte Indianerin wieder:

»Hört ihr das Bellen der Hunde und die Hufe der Pferde!
Schneller als die Schildkröte sind wir nicht.
Und niemand hält die Weißen auf.
So sind wir alle im Waldland verloren.«
Da kamen die rotköpfigen Spechte geflogen und sagten:
»Lauft nur weiter! Wir werden die weißen Männer aufhalten!«
Und als die Weißen nahten, fingen die Spechte an, auf allen hohlen Bäumen zu trommeln.
»Das sind die Trommeln von vielen, vielen Kriegern«, sagten die Weißen, stiegen von ihren Pferden und schlichen ganz langsam und vorsichtig vorwärts. Als sie endlich den Wald durchquert hatten, waren die Indianer schon drei Stunden weiter. Sie kamen an das Ufer eines großen Sees und wieder waren die Weißen ganz dicht herangekommen. Da sagte die Indianerin zum dritten Mal:
»Hört ihr das Bellen der Hunde und die Hufe der Pferde!
Schneller als die Schildkröte sind wir nicht.
Und niemand hält die Weißen auf.
Am großen See sind wir alle verloren.«
Inzwischen war es Abend geworden. Die große rote Sonne stand dicht über dem See, und die Indianer machten sich fertig zum Sterben. Da sahen sie etwas großes Dunkles im Wasser, das langsam auf das Ufer zuschwamm, und aus dem Wasser ertönte eine tiefe, heisere Stimme:
Schneller als die Schildkröte seid ihr nicht.
Aber langsamer als die Schildkröte werdet ihr auch nicht sein.
Steigt auf meinen Rücken und haltet euch fest.
Das übrige machen Sonne und See.«
Da sahen die Indianer, daß eine große, uralte Schild-

kröte ans Ufer gekommen war, und sie setzten sich alle auf den Rücken der Schildkröte und schwammen hinaus auf den See... immer der Abendsonne entgegen. Und hinter ihnen glänzte und glitzerte der See wie Silber und Gold zusammen. Gleich darauf kamen die Weißen zum Seeufer. Sie stürzten sich ins Wasser, um das Gold und das Silber mit ihren Händen zu ergreifen, und ertranken alle bis auf den letzten Mann. Die Schildkröte aber brachte die Indianer zu einer Insel. Dann tauchte sie ins tiefe Wasser und niemand hat sie wieder gesehen.

Die Indianer aber lebten auf der Insel weiter. Sie formten aus dem größten Stein der Insel die Figur einer Schildkröte und brachten sie an einen heiligen Ort in der Mitte der Insel. Und einmal im Jahr warfen sie Kränze aus den schönsten Inselblumen in den See, um der Schildkröte zu danken. Manchmal sahen sie abends Gold und Silber im See glitzern. Aber die Schildkröte sahen sie nie mehr. Und einmal im Leben erzählten sie ihren Kindern die Schildkrötengeschichte, nämlich an dem Tag, an dem die Kinder erwachsen wurden. Die Alten erzählten sie den Jungen, die Jungen erzählten sie wieder ihren Kindern und immer so fort. Und heute erzählt sie Eufemia Manuel...

»Vielleicht wird die Schildkröteninsel einmal entdeckt«, sagt Manuel.

»Vielleicht«, sagt Eufemia, »vielleicht bleibt sie aber auch immer ein Geheimnis und eine Geschichte...«

## 11. Von einem Haus und einem Geierschwein

Das Haus von Marcelina und Clodomiro sieht so aus, wie die anderen Häuser auf der Insel auch. Es ist aus großen, groben Brettern gebaut, durch deren Ritzen der Wind weht. Die Fenster haben keine Scheiben. Jeder Lufthauch ist eine Erfrischung. Er soll durchs ganze Haus wehen, denn meistens ist es sehr schwül und heiß.

Das Dach ist mit alten Ziegeln gedeckt. Neben dem Haus steht eine Hütte, die kein einziges Fenster hat. Das ist Marcelinas Küche. Meistens brennt hier ein offenes Herdfeuer, das zugleich den Raum beleuchtet. Elektrischen Strom gibt es hier nicht. Hinter dem Wohnhaus ist eine schmale überdachte Veranda. Hier hängt die Hängematte, die Clodomiro von seinem Va-

ter geerbt hat. Sie ist Bett und Sessel zugleich. Manchmal darf Manuel auch in der Hängematte liegen. Das ist eine besondere Ehre, denn die Hängematte ist Clodomiros Lieblingsplatz.
Neben der Hängematte steht ein Schaukelstuhl aus grobem Holz. Hier sitzt meistens Marcelina. Manchmal redet sie mit ihrer Enkelin, einem kleinen, pausbäckigen Mädchen, das gerade erst sprechen lernt. Außerdem wohnt noch Jonny im Haus. Jonny hat ein Hemd, auf dem in großen roten Buchstaben 'ALABAMA-UNIVERSITY' steht. Aber er ist der einzige, der sich bis zum Schluß weigert, Lesen und Schreiben zu lernen. Jonny schielt etwas und fängt an zu krakeelen, wenn er zu viel Rum getrunken hat. Aber er ist weit und breit der beste Einbaumruderer. So schnell wie Jonny rudert keiner zur nächsten Insel.
»Wer vier Stunden richtig rudert, kann keinen Bleistift mehr halten«, sagt er. – »Da hat Jonny ganz recht«, sagt Clodomiro. Jonny ist ein Neffe von Marcelina und wollte eigentlich schon längst zur See fahren.
Noch vor kurzem hatte er davon geträumt, in die USA auszuwandern und auf einem großen Schiff anzuheuern.
Aber die Menschen sind nicht die einzigen Lebewesen, die das kleine Anwesen bevölkern. Als Manuel zum ersten Mal ein Schwein sieht, bekommt er einen Schreck. Er hat noch nie ein so dünnes Schwein gesehen, und es läuft frei wie ein Huhn in der Gegend herum. Aber das ist es nicht. Das Schwein hat einen dikken Draht in der Nase, und das muß doch furchtbar weh tun. Manuel läuft sofort zu Clodomiro:
»Das Schwein ist verletzt. Schnell, man muß dem Schwein helfen!«
Clodomiro dreht sich mit einem geschickten Schwung aus der Hängematte. Aber das Schwein ist nicht verletzt. Der Draht in der Nase ist Absicht. Das Schwein

soll die Rinde nicht von den Bäumen fressen. Das arme Schwein.
Der Hund ist noch dünner als das Schwein. Für die Tiere sind hier meistens wirklich nur die Abfälle da.
»Manchmal haben wir selbst nicht genug zu essen«, sagt Clodomiro. »Zur Zeit reicht es gerade so eben. Aber es kann auch wieder schlechter werden!« Inzwischen ist das Schwein wieder ins Haus gelaufen. Die Hühner flattern laut spektakelnd durch die Fenster.
»Dieser verdammte Geier!« schimpft Clodomiro. Mit 'Geier' ist das Schwein gemeint. Das Schwein ist schwarz wie ein Geier. Deshalb hat es Marcelina 'Zopilote-Geier' genannt. Außer dem Geierschwein gibt es noch einen Hund und sechs Hühner auf dem Hof, die frei in der Gegend herumlaufen.

## 12. Vom Vater Clodomiros und vom Glücksholzboot

Das Unterrichten ist schwieriger geworden. Oft schickt Manuel die Jungen vorher nach Hause und gibt den Älteren Nachhilfeunterricht. Manchmal sind viele kleine Kinder dabei, und die wollen spielen. Und dann sind noch der Hund, das Schwein und die Hühner da. Da ist es schwierig, aufmerksam zu sein, sowohl für die Lerner als auch für den Lehrer. Manchmal möchte Manuel alles hinschmeißen und weglaufen. Zu oft ist es so, als würde er nur auf der Stelle treten. Er muß alle Kräfte zusammennehmen, um das zu erhalten, was die Lerner schon können. Aber dann geht es doch plötzlich wieder einen Schritt vorwärts. Meist, wenn er es gar nicht erwartet. Maria und Paco haben ähnliche Schwierigkeiten. Aber sie machen Manuel Mut. »Schwierigkeiten sind dazu da, daß man sie überwindet«, sagt Paco.

Manchmal ist Manuel froh, wenn er einfach hinter Clodomiro her ins Innere der Insel steigen kann und für nichts mehr verantwortlich ist ...

So ist es auch heute. Clodomiro will wieder auf die Felder zum Unkraut hacken, aber nur für zwei Stunden. Dann will er einen schönen Weg zurücklaufen, den Manuel noch nicht kennt ... Die Feldarbeit ist anstrengend wie immer. Aber die Zeit vergeht heute schneller. Immer wieder fliegen Pärchen von grünen Papageien über die Felder weg und verschwinden im Wald. Manuel macht regelmäßig eine Pause. Er versucht, sein eigenes Arbeitstempo dem von Clodomiro anzugleichen. Clodomiro ist heute sehr gesprächig. Als sie endlich mit der Arbeit fertig sind, fragt Manuel:

»Wie lange gibt es die Felder hier eigentlich schon? War dein Vater auch schon hier?«

»Mein Vater hat damit angefangen«, sagt Clodomiro. »Er hat fast zwanzig Jahre gebraucht, um den Wald hier oben zu roden. Und eines Tages hat er gemerkt, daß er darüber alt geworden war. Das Roden war eine sehr schwere Arbeit, und die Feldarbeit war auch nicht einfach. Er war noch nie woanders hingekommen. Sein ganzes Leben hatte er auf der Insel verbracht. Und da hat er sich vorgenommen, noch etwas zu tun ... etwas auf das er stolz sein konnte.

Eine alte Frau, die noch mit den Geistern redete, hat ihm geholfen, einen Baum aus glückbringendem Holz zu finden. Er hat den Baum gefällt und ihn monatelang bearbeitet. Der Baum war groß und lang, und das glückbringende Holz war sehr hart. Aber schließlich hat er aus dem Baumstamm etwas gemacht, was schon fast wie ein Boot aussah. Jeden Tag hat er daran gearbeitet. Aber nach vier Wochen hat er festgestellt, daß ihm die richtigen Messer und Meißel fehlen. Da ist er von Insel zu Insel gefahren, bis er das richtige Werkzeug gefunden hat. Und dann konnte er endlich weitermachen.

Die Leute haben gesagt: »Der wird nie fertig. Dafür ist er schon zu alt.« Aber er hat nicht aufgegeben. Und eines Tages war das Boot fertig. Es war ein wunderschöner Einbaum geworden. Die Leute haben alle mitgeholfen, das Boot ins Wasser zu bringen. Einer hat gesagt: »Ein schönes Boot ist des Fischers Tod!« und hat nicht geglaubt, daß ein so schönes Boot überhaupt fahren würde. Aber es ist gefahren. Schließlich war es ja auch aus glückbringendem Holz geschnitzt. Mein Vater ist damit bis nach San Carlos gerudert, und da haben die Leute erst recht gestaunt. Sie hatten noch nie ein so schönes Boot gesehen. Die Händler sind gekommen und wollten das Boot sofort kaufen. Einer

hat den anderen überboten. Schließlich haben sie ihm tausend Pesos geboten, und das war sehr viel Geld. Aber mein Vater wollte das Boot nicht verkaufen, weil es sein Lebenswerk war. Es war einfach unverkäuflich. Und er wollte damit ja wieder nach Hause über den See fahren. Als die Händler merkten, daß nichts zu machen war, haben sie ihn zum Trinken und zum Essen eingeladen, und da ist er leider mitgegangen. Und als er schon etwas betrunken war, haben sie ihm ein Papier hingeschoben.

»Was ist das?« hat mein Vater gefragt.

»Wir wollen nur eine Rundfahrt in deinem wunderschönen Boot machen«, haben sie gesagt, »und du sollst gut belohnt werden. Du bekommst zweihundert Pesos dafür. Dies hier ist nur die Quittung!«

»Was, zweihundert Pesos«, hat mein Vater gesagt und hat sich vorgestellt, was er sich für zweihundert Pesos alles kaufen kann. Der Baum war wirklich aus glückbringendem Holz. Das merkte er jetzt ganz deutlich. Vielleicht würde er doch noch reich werden.

»Du mußt nur unterschreiben. Hier ist die Quittung«, sagten sie zu ihm.

»Aber ich kann nicht schreiben«, sagte mein Vater.
»Dann unterschreib mit dem Daumen. Das reicht völlig aus. Hier ist das Tintenkissen.«
Und mein Vater hat mit dem Daumen unterschrieben. Was auf dem Papier stand, konnte er ja nicht lesen. Und dann haben sie die Rundfahrt gemacht, und mein Vater hat das Geld bekommen. Aber als er wieder in sein Boot steigen wollte, haben sie ihn festgehalten und haben gesagt:
»Laß deine Füße aus unserem Boot!«
»Ich kann meine Füße in mein Boot setzen, solange ich will!«
»Das ist nicht dein Boot. Also bleib weg davon!«
»Das ist mein Boot. Das wißt ihr doch selber.«
»Das wissen wir gar nicht«, haben die Händler gesagt und das Papier aus der Tasche gezogen. Es war keine Quittung. Es war ein Kaufvertrag. Und mein Vater hatte ihn mit seinem Daumen unterschrieben.
»Ihr habt mich betrogen!« hat er gesagt und ist zur Polizei gelaufen, und die haben ihn nach der Besitzurkunde und nach einem Zeugen gefragt.
»Hier schaut diese Hände an. Damit habe ich das Boot gemacht. Das ist die Besitzurkunde. Und die ganze Insel ist Zeuge. Die haben doch gesehen, wie das Boot entstanden ist.«
Aber da haben sie gelacht und haben gesagt: »Der Kaufvertrag ist gültig. Und die Leute auf der Insel gehen uns nichts an. Wir brauchen Zeugen von hier.« Dann haben sie ihm noch hundert Pesos abgenommen, weil er halb betrunken auf die Polizei gekommen war. Er ist zum Padre gelaufen. Der Padre hat gesagt: »Wer auf Erden nichts besitzt, der wird im Himmel glücklich werden!« und hat ihm nochmal fünfzig Pesos für die Kirchenkasse abgeknöpft.
Dann ist mein Vater mit fremden Leuten nach Hause gefahren. Er war schneller zu Hause, als er dachte. Und

die Leute haben fünfzig Pesos für die Überfahrt genommen. Als er nach Hause kam, hat er keinen einzigen Peso mehr gehabt. Mein Vater hat sich nie mehr ein Boot gebaut. Und er hat auch keinen Platz für neue Felder gerodet. Er hat so weiter gelebt wie vorher. Nie wieder hat er von dem Boot geredet, und mit fünfzig Jahren ist er an einer Lungenkrankheit gestorben. Aber das ist nichts außergewöhnliches hier.«

## 13. Von ersten Worten, Hänschen Gummischleuder und dem Padre Cardenal

Marcelina hat jetzt auch dem Hund einen Namen gegeben. Sie nennt ihn 'lapiz', 'Bleistift'. Der Hund ist auch wirklich sehr dünn. Und Zopilote ist dauernd hinter ihm her. Der Hund hat keine ruhige Minute. Manchmal läuft das Geierschwein auch in eine Hühnerschar. Das Federvieh flattert mit ängstlichem Geschrei auseinander. Das Geierschwein ist der König auf dem Hühnerhof. Alle müssen seinen Willen respektieren. Nur, wenn das Geierschwein in der Sonne schläft, haben die anderen Tiere Ruhe.

Marcelina spricht oft mit ihrer Enkelin. Sie heißt Silvia und ist dreieinhalb Jahre alt. Silvia hat gerade sprechen gelernt. Und Marcelina ist sehr stolz darauf. Silvia soll Manuel zeigen, wie gut sie schon sprechen kann.

»Wie heißt dein Vater? Sag es Silvia, sag es!«
»Andi.«

»Andrés«, wiederholt die Großmutter.

»Und wo ist dein Vater jetzt?«

»Tot. Andé ist tot!«

»Und wer hat deinen Vater getötet?«

»Die Garde!«

»Und wie ist die Garde?«

»Die Garde ist böse. Sie haben meinen Vater Andrés getötet!«

Zuerst macht die Kleine ein ziemlich ernstes Gesicht. Aber dann lacht sie. Sie freut sich, daß sie wieder alles gewußt hat und alles sagen kann, was die Großmutter wissen will. Sie lernt sprechen, und schon ihre ersten Worte sind keine leicht dahergesagten Kinderworte. Ihre ersten Worte sind anstrengend und ernst.

Marcelina wendet sich Manuel zu.

»Ich kann dir keine Geschichten erzählen«, sagt sie, »so etwas kann ich nicht! Die einzige, die hier so etwas kann, ist Eufemia. Zu der mußt du gehen!«

»Und wer ist Andrés?« fragt Manuel.

»Das war mein ältester Sohn«, sagt Marcelina, »sie haben ihn umgebracht. Schau dir das Bild im Haus an. Das ist er.«

Manuel geht mit Marcelina ins Haus. An den Wänden hängen keine Bilder, nur Plakate. Aber da sieht Manuel gleich neben der Tür eine Fotografie, die auf die schwarzrote Fahne Sandinos geheftet ist. Unter der Fotografie ist ein bemalter Sägefischkiefer an die Wand genagelt. Daneben hängt eine Steinschleuder und eine alte Gitarre. Manuel schaut sich das Foto an. Er sieht einen jungen Mann mit einem dunklen, wuscheligen Lockenkopf.

Er scheint zu lachen, wenn man auf die Mundwinkel schaut. Aber seine Augen sind traurig und träumerisch. Sein Gesicht ist sanft und weich. »Das ist seine Schleuder«, sagt Marcelina, »er ist damit im Wald herumgelaufen wie Hänschen Gummischleuder. Er war wirklich wie Hänschen Gummischleuder. Da hinten in dem alten Mangobaum hat er am liebsten gesessen.

Aber dann hat er die Schleuder liegen gelassen, weil er mit seinem Vater auf die Felder mußte. Da hat er die Schleuder mit der Hacke vertauscht. Als der Padre Cardenal kam, hat Andrés angefangen, Gitarre zu spielen. Er hat sogar in der Messe drüben in Mancarron gespielt. Und damals hat er auch angefangen zu malen. Hier auf den Sägefischkiefer hat er die Kirche von Mancarron gemalt ...

»Das soll eine Kirche sein«, sagt Manuel, »die sieht ja aus wie ein großer Schafstall.«
»Nur von außen«, sagt Marcelina. »Innen ist sie wunderschön bemalt. Und sie haben das alles selber gemacht, obwohl sie gar keine Maler waren ... Und Ernesto hat ihnen dabei geholfen. Er war ein Padre, aber er hat genauso gelebt wie wir. Das war sicherlich sehr schwer für ihn. Und er war der erste, der hierhergekommen ist. Es war hier wie am Ende der Welt. Keiner wußte überhaupt etwas von uns. Aber Ernesto hat gesagt: »Vieles ist hier schon wie im Paradies: Die Landschaft, der See, die Tiere ... Und das Leben der Menschen hier muß auch besser werden, damit sie dieses Paradies genießen können.« Aber das Paradies gehört ja zum Anfang der Welt. Da fängt ja alles erst an. So hat uns Ernesto Hoffnung gemacht.
Die anderen Padres kamen immer nur ein paar Mal im Jahr hierher. Ich mußte dann mit Marta nach Mancarron fahren. Sonst war ja niemand da. Jonny hat uns rüber gerudert, und wir haben unsere Buschmesser mitgenommen. Der Weg zur Kirche war wieder ganz zugewachsen, und wir haben ihn mit unseren Buschmessern freigeschlagen. Naja, und die Kirche war ganz verstaubt und die ganzen Heiligenfiguren waren voller Fledermausscheiße. Wir mußten sie los kriegen, und das war wirklich eine Sauarbeit. Und dann kam der Señor Padre mit dem Motorboot und hat uns gesagt, daß alle Menschen Sünder sind und daß dieses Leben ein Jammertal ist, und daß wir viel beten sollen, damit wir in den Himmel kommen. Und dann ist er mit seinem Motorboot weggetuckert.
Aber Ernesto ist das ganze Jahr über bei uns geblieben. Jeden Tag und jede Nacht. Und er hat sich um die jungen Leute gekümmert. Er hat ihnen das Malen, das Schnitzen und das Musikmachen beigebracht, und er hat sich viel mit ihnen unterhalten. Mit den besten Bil-

dern ist er nach San Carlos und Managua gefahren und hat sie dort verkauft. Von da an konnten wir ein bißchen besser leben, und das war viel. Ernesto hat uns nicht auf den Himmel vertröstet wie die anderen Padres. Die haben sich sonst um nichts gekümmert. Und Andrés ist dann oft nach Mancarron gefahren. Manchmal ist er eine ganze Woche drüben geblieben. Und wir haben ihn dann gesehen, wenn er in der Messe Gitarre gespielt hat. Ich war ganz stolz auf ihn, nur Clodomiro nicht. Er mußte dann ja immer allein auf die Felder gehen. Und er war lange Zeit böse auf Ernesto und auf Andrés ...«

## 14. Wie Marcelina ihren Sohn verliert

»Dann wurde es immer schlimmer mit Somoza und der Nationalgarde. Manche Leute sind verschwunden, und man hat jahrelang nicht gewußt, wo sie sind. Und später hat sich herausgestellt, daß sie alle umgebracht wurden. Wir haben alle Angst bekommen, denn eines Tages würden sie auch hier sein. Somoza hat ja selber gesagt, er würde sich noch um die Dunkelmänner in Solentiname kümmern. Damit hat er Ernesto und seine Leute gemeint. Fast jeden Tag haben wir gehört, daß die Nationalgarde Leute umgebracht hat. Leute, die oft gar nichts mit den Sandinisten zu tun hatten. Und eines Tages haben sie im Norden eine ganze Reihe von unschuldigen Kindern getötet. Ich glaube es war in Masaya. Und da ist Andrés zu mir gekommen und hat gesagt:

»Mutter, ich halte das nicht mehr aus. Das tut mir so weh, wenn sie jetzt auch die Kinder umbringen. Vielleicht gehe ich auch nach Norden in die Berge!«

Und ich habe gesagt: »Weißt du denn nicht, daß da Krieg, richtiger Krieg ist und daß da jeden Tag Menschen sterben müssen?«

Und er sagt: »Das weiß ich, Mutter. Aber die Zeit ist reif und Nicaragua befreit sich. Was Sandino geträumt hat, wird jetzt Wirklichkeit. Da muß ich auch hingehen und kämpfen.«

Und ich sage: »Wie willst du das denn machen, einfach so allein in die Berge gehen, wo dich tausende von Moskitos zerstechen und wo du niemand kennst. Du gehörst hierher auf die Insel und nicht in diese Berge, wo Krieg ist!«

Und er sagt: »Mutter, ich weiß das alles. Aber es macht mir nichts, aus zu kämpfen. Und es macht mir auch nichts aus, zu sterben, so wie Jesus für die anderen Menschen gestorben ist.«
Und ich habe nicht gewußt, was er sich alles schon gedacht hat in seinem Kopf, und vielleicht stand sein Entschluß ja schon fest. Ich habe noch gesagt: »Du kannst mit der Hacke umgehen und mit der Gitarre und mit dem Malpinsel. Aber mit dem Gewehr kannst du nicht umgehen, und das ist auch nichts für dich.«
Und er hat gesagt: »Wir müssen jetzt alle kämpfen. Sonst wird unser Land nie frei sein.« Und dann hat er noch gesagt:
»Aber du mußt mir eins versprechen, Mutter. Wenn ich sterbe, darfst du nicht um mich weinen. Ihr dürft um mich nicht weinen, wenn ich sterbe.« Und ich habe gesagt: »Natürlich werde ich um dich weinen. Ich werde um dich weinen, auch wenn du mir sagst, ich soll es nicht tun. Ich habe dich in meinem Leib gehabt und deshalb werde ich weinen. Natürlich werde ich weinen ...«
Und eines Morgens, als es noch dunkel war, ist er dann weggegangen. Zwei andere von Solentiname waren noch dabei. In San Carlos haben sie sich mit einer ganzen Gruppe getroffen. Sie wollten die Polizeistation in San Carlos stürmen. Später sind einige Tote im Fluß bei Los Chiles gefunden worden. Aber Andrés war nicht dabei. Ich bin mit Clodomiro nach San Carlos gefahren. »Wenn ihr ihn schon umgebracht habt, dann gebt uns wenigstens seine Leiche, damit wir ihn begraben können!« haben wir gesagt. Aber die Nationalgardisten haben uns ausgelacht und gerufen:
»Geht doch zu eurem Kommunisten-Padre. Der soll euch trösten. Der hat eure Kinder verführt, und den kriegen wir auch noch. »Aber Ernesto und all die anderen waren schon nach Costa Rica geflohen. Und

dann ist die Nationalgarde wirklich nach Solentiname gekommen, und drüben in Mancarron haben sie alles zerstört. Nur die Kirche haben sie stehen lassen. Und so haben wir Andrés nie wieder gesehen. Nicht einmal seine Leiche haben wir bekommen. Dabei wollten wir ihn doch wenigstens hier auf der Insel haben. Wir wollten ihn unter seinem Baum begraben, unter dem hohen alten Mangobaum, auf dem er immer gesessen hat und gesungen hat wie ein Vogel.«

## 15. Von Reis mit schwarzen Bohnen

In der Küche gibt sich Marcelina alle Mühe. Aber sie kann nicht mehr machen, als da ist. Mal ein Spiegelei, mal einen Fisch. Aber das ist schon etwas Außergewöhnliches. Sonst gibt es meistens Reis und schwarze Bohnen. Und am nächsten Tag dasselbe und am übernächsten Tag wieder dasselbe. Manchmal gibt es gebratene Bananen dazu. Brot, Kartoffeln und Fleisch kommen fast nie auf den Tisch. Einmal hat Sergio etwas Brot und Fleisch aus San Carlos mitgebracht. Das war für alle ein Festtag. Aber am nächsten Tag gab es wieder Reis mit schwarzen Bohnen.

Manuel muß sich jedesmal von neuem überwinden. Lange wird er das nicht mehr aushalten. Und wenn er den ganzen Tag mit Clodomiro unterwegs war, möchte er etwas Kühles trinken. Er hat einen fürchterlichen Durst auf einen ganz normalen Schluck kühles Sprudelwasser oder auf kalte Milch. Er möchte einfach zum Eisschrank gehen, die Flasche herausholen und trinken. Aber Marcelina hat keinen Eisschrank. Sie kann Manuels Wünsche nicht erfüllen. Sie hat in ihrem ganzen Leben noch keinen Eisschrank gesehen. Wie kann man ein Getränk kühlen, wenn kein Eis da ist und wenn das Wasser im See fast genauso warm ist wie die Luft?

Manchmal sehnt sich Manuel in die Stadt zurück, wo alles für ihn viel bequemer war. Er ist sicher auch der einzige auf der Insel, der früher von einem Hausmädchen bedient wurde. Aber darüber redet Manuel nicht. Er möchte so leben wie die anderen. Aber das kommt ihm immer schwieriger vor.

Eines Tages hält ein Motorboot vor der Insel. Es sind Wissenschaftler aus Kanada, die herumfahren und die

Tiere und Pflanzen auf den Inseln fotografieren. Manuel und Paco werden aufs Boot eingeladen. Auf dem Boot ist ein kleiner Eisschrank. Manuel trinkt einen halben Liter kühle Limonade, fast ohne abzusetzen, weg. Am nächsten Tag gibt es wieder Reis und schwarze Bohnen. Manuel bekommt einen Durchfall, wie er ihn noch nie in seinem Leben gehabt hat.

## 16. Vom Spaghettiboot

Manuel kann essen, was er will. Es ist sofort wieder draußen. Er wird immer schwächer. Bald kann er sich kaum noch auf den Beinen halten. Reis und schwarze Bohnen rührt er nicht an. Er kann das Zeug einfach nicht mehr runterkriegen. Clodomiro meint, das beste ist, wenn man gar nichts zu sich nimmt. Dann geht der Durchfall am schnellsten weg. Aber der Durchfall geht nicht weg. Manuel wird immer schwächer. »Er muß trotzdem etwas essen!« sagt Marcelina.

»Das ist eine ganz neue Sitte«, sagt Clodomiro.

Manuel ist immer mehr abgemagert. Er kann sich nicht mehr aus dem Bett erheben und hat hohes Fieber bekommen. Als er endlich einschläft, fängt er sofort an zu träumen...

Er sitzt in einem großen, bequemen Schaukelstuhl zuhause in Managua. Es ist heller Tag, aber überall brennen Feuer. Auf den Feuern wird Fleisch gebraten. Daneben stehen riesige Töpfe mit Gemüse. In einer großen Glasschale sieht er Fruchtsaft, in dem Eisstückchen schwimmen. Der Trommler geht zwischen den Leuten umher und trommelt. Manuel hört, wie er mit lauter Stimme singt. Die Menschen sind froh. Sie essen und trinken. Hinten an der Straße taucht Clodomiro auf. Er steht in einem wunderschönen Einbaum. Aber auf der Straße kommt er nur langsam vorwärts. Clodomiro winkt. Er hat einen großen Berg mit Spaghetti geladen. Manuel hat einen Riesenhunger. Bevor Clodomiro mit seinem Spaghettiboot heran ist, wird er verhungert sein. Deshalb wendet er sich an die Leute, die rund um die Feuer sitzen:

»Gebt mir zu essen! Ich halte es sonst nicht mehr aus.

Gebt mir zu essen!« Die Leute sind freundlich. Überall werden Tabletts für Manuel vollgepackt. Dann schweben die Tabletts von allen Seiten ganz langsam auf Manuel zu. Er will sich bei den Leuten bedanken. Aber sie sind plötzlich verschwunden. Kein Feuer brennt mehr. Nur die vollen Tabletts sind noch da, und das ist die Hauptsache. Manuel kann sich jetzt die ersten Sachen greifen. Es sind wunderbare Sachen. Das Wasser läuft ihm im Mund zusammen. Auf den Tabletts liegen gebratene Hähnchen, Ananasscheiben, kalter Braten, Zitronencreme, Schokoladentorte, Sahnekäse, Mangocreme und rosarote Schinkenscheiben.
Manuel ist voller Freude, aber dann passiert etwas Unheimliches. Alles, was er berührt, wird sofort flüssig, platscht zur Erde und bildet häßliche braune Flecken. Ein scharfer, ätzender Geruch steigt von den Flecken auf. Manuel möchte sich die Nase zuhalten, aber er kann es nicht. Immer wieder kommen neue Tabletts auf ihn zu. Immer wieder versucht er, die Speisen in den Mund zu bekommen. Einmal probiert er es, ohne die Hände zu benutzen. Aber es geht nicht. Der Gestank um ihn herum wird immer entsetzlicher. Aber da ist Clodomiro mit seinem Boot auf Reichweite herangekommen.
»Hilf mir, Clodomiro«, ruft Manuel, »Alles, was ich anfasse, zerfällt!«
»Du mußt essen«, ruft Clodomiro, »du mußt einfach essen. Ich habe nicht gewußt, daß du hier soviel zu essen hast. Soviele vornehme Sachen!«
»Aber ich kann sie nicht essen«, sagt Manuel, »es nützt alles nichts.«
»Ich habe mich geirrt«, sagt Clodomiro. »Wenn du Durchfall hast, mußt du essen. Und ich habe dir ganz viel mitgebracht!«
»Gib mir von deinen Spaghetti«, ruft Manuel, »das ganze Boot ist ja voll davon!«

»Es ist alles für dich«, sagt Clodomiro, »ich habe es für dich hierhergefahren. Die Stadt war so schwer zu finden. Aber ich habe die Schöpfkelle vergessen, wie soll ich dir da was geben?«
»Nimm das Ruder«, sagt Manuel, »du mußt es einfach probieren!«. Clodomiro biegt die Seitenkanten des Ruders nach oben. Das Ruder wird zu einer riesigen Schöpfkelle. Er hebt Manuel einen kleinen Berg mit würzig duftenden Spaghetti vor die Nase.
»Jetzt iß!« ruft Clodomiro, »warum willst du denn nicht essen?«
Manuel kriegt den Mund nicht auf. Er muß würgen.
»Iß doch endlich. Ich kann das verdammte Ruder nicht mehr halten«, sagt Clodomiro.
Das Ruder fängt an zu zittern. Aber Manuel kann nichts essen. Die Spaghetti haben sich in Reis mit schwarzen Bohnen verwandelt, auch die in Clodomiros Boot...
Manuel wacht schweißgebadet auf. Draußen ist stockdunkle Nacht. Neben ihm steht Clodomiro. Er hat eine längliche Holzschale mit Reis und schwarzen Bohnen in der Hand. In der anderen Hand hält er eine Tasse mit einer übelriechenden Flüssigkeit. »Du mußt doch etwas essen«, sagt Clodomiro leise, »ich habe mit Marcelina gesprochen. Der Gesundheitshelfer hat es auch gesagt. Aber er kommt erst am Samstag. Und den Tee hier hat dir Eufemia gemacht. Sie sagt, der wird dir ganz bestimmt helfen. Manuel hat Angst, daß er es bis zum Samstag nicht mehr schafft. Wenn ich jetzt nichts tue, werde ich sterben, denkt er. Wenn ich jetzt nichts esse, ist es aus. Vogel friß oder stirb. Mit seinen letzten Kräften ißt er einen Teller Reis mit schwarzen Bohnen. Jeder Happen bedeutet Schwerarbeit. Er trinkt auch von dem Tee. Dabei möchte er sich wenigstens die Nase zuhalten. Aber das geht nicht. Kurz danach schläft er ein. Als der Gesundheitshelfer am Samstag kommt, hat sich sein Zustand verbessert. Er kann bereits wieder aufstehen.

## 17. Von der Spinne im Pelzmantel

Manuel will so schnell wie möglich wieder in den Unterricht. Aber er fühlt sich noch sehr schwach. Maria hilft ihm. Manuel muß noch viel nachholen. Sie beginnen den Unterricht eine Stunde früher. Es ist noch hell, und die Lerner haben gute Laune. »Unser Lehrer ist wieder gesund und, das ist die Hauptsache«, sagt Marcelina.

»Und mein Tee hat ihn wieder gesund gemacht«, sagt Eufemia.

»Wer bei dieser Kotzbrühe nicht stirbt, dem bleibt gar nichts anderes übrig, als wieder gesund zu werden«, sagt Tito.

Tito hat wenig getan, um im Lesen und Schreiben weiterzukommen. Er durchstreift lieber mit Paco die Insel. Paco ist auf Schatzsuche. Manchmal ist auf einer einsamen Insel ein Schatz versteckt. Tito sagt: »Eigentlich kann ich genug lesen und schreiben.« Aber weil seine Kinder immer mehr lernen, lernt er auch weiter. Eufemia kommt jeden Tag pünktlich zum Unterricht. Ihre Enkel passen genau auf. Wenn die Zeit herangekommen ist, rufen sie: »Großmutter, Großmutter, pack deine Schulsachen! Es ist höchste Zeit, Großmutter. Wenn du nicht pünktlich bist, kriegst du vom Lehrer Schimpfe!«

Also ist Eufemia die pünktlichste.

Maria sitzt drei Meter von der Hauswand weg. Manuel hat sich ihr gegenüber gesetzt. Die andern sitzen im Halbkreis vor den beiden Alphabetlehrern. Manchmal übernimmt Manuel den Unterricht. Morgen wird er ihn wieder allein machen müssen. Sie reden über die Tiere auf den Insel.

»Gibt es eigentlich auch gefährliche Tiere hier?« fragt Manuel.
»Kaum«, sagt Clodomiro, »ich bin schon oft quer durch die Insel gelaufen, und meist hatte ich nur meine Sandalen an. Und noch nie ist mir was passiert. Erst einmal in diesem Jahr habe ich eine Schlange gesehen. Ich habe sie höflich gegrüßt, aber sie war schon verschwunden. Manche Tiere werden nur gefährlich, wenn man ihnen auf den Kopf tritt«.
Auch Manuel hat noch kein gefährliches Tier auf der Insel gesehen. Aber das ändert sich genau in diesem Augenblick. Da kommt nämlich aus einem dunklen Spalt unter der Haustür eine Spinne gekrabbelt. Manuel hat noch nie eine so große lebendige Spinne gesehen. Nur einmal in einem Gruselfilm. Da hatten riesige Spinnen ein blondes Mädchen überfallen, das im Bikini am Strand lag. Hinterher war die Luftwaffe gekommen und hatte die Spinnen mit Napalm getötet.

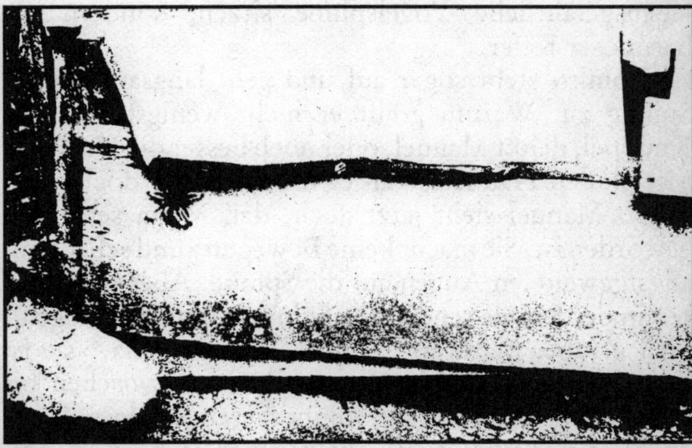

Die Spinne vor dem Haus hier ist kleiner. Aber sie ist quicklebendig, und sicher ist sie genauso gefährlich. Der ganze Körper der Spinne ist mit gelbschwarzen Haaren bedeckt. Sie sieht aus wie eine Spinne im Pelzmantel. Aber der Pelzmantel scheint ihre Beweglichkeit in keiner Weise zu behindern. Sie duckt sich nämlich und springt... springt wie ein Frosch, wie eine Heuschrecke. Manuel hat noch nie eine Spinne mit ihren sechs langen Beinen springen gesehen. Und das Schlimmste ist: Die Spinne springt direkt auf Maria zu. Manuel hat schon mal etwas von lebensgefährlichen Vogelspinnen gehört. Noch zwei Sprünge und die Spinne hat Maria erreicht. Manuel fühlt sich für Maria und die anderen verantwortlich. Schließlich ist er der Lehrer.

»Alles sitzenbleiben und keine Bewegung«, flüstert er. Dann versucht er, Clodomiro mit einer vorsichtigen Handbewegung auf die Spinne aufmerksam zu machen. Maria darf sich jetzt nicht bewegen, sonst wird sich die Spinne auf sie stürzen. Aber Clodomiro ist alles andere als erschrocken. Er zieht die Augenbrauen hoch und schaut Manuel schmunzelnd an. So, als würde da keine lebensgefährliche Vogelspinne sitzen, sondern ein harmloser Käfer.

Clodomiro steht sogar auf und geht langsam auf die Spinne zu. Warum greift er nicht wenigstens einen Knüppel, denkt Manuel, oder noch besser die Machete? Mit bloßen Händen kann er dieses Untier doch nicht töten. Manuel sieht jetzt auch, daß Maria sehr blaß geworden ist. Sie macht keine Bewegung und schaut mit angstgeweiteten Augen auf die Spinne. Aber die anderen in der Runde scheint die Spinne kaum aufzuregen.

»Ich glaube, Maria hat Angst«, sagt Eufemia, »sie ist ganz blaß geworden!« Clodomiro ist inzwischen bis auf zwei Schritte an die Spinne herangegangen. Jetzt bückt er sich und greift... nein, nicht nach einem Ast. Er greift sich ein Stöckchen. Mit dem Stöckchen hebt er die Spinne hoch und trägt sie seelenruhig wieder vors Haus und läßt sie laufen.

»Die tut dir nichts, Maria«, sagt Clodomiro, »die wohnt schon immer unter unserem Haus. Sie ist unser Haustier. Sie frißt Moskitos und andere Insekten«.
»Aber, die ist doch sicher gefährlich«, sagt Manuel mißtrauisch.
Noch immer sitzt ihm der Schreck in den Knochen.
»Sie heißt Picacaballos. Wenn sie will, kann sie ein Pferd töten. Aber den Menschen tut sie meistens nichts. Nur die Kinder sollen nicht mit ihr spielen. Sie wird böse, wenn man ihr auf den Kopf tritt. Sonst ist sie harmlos.«
Manuel weiß nicht, ob er Clodomiro glauben soll. Schließlich hat ihm Marcelina erzählt, daß die Mutter von Silvia auf einer Nachbarinsel durch einen Schlangenbiß umgekommen ist. Keiner konnte ihr helfen. Der nächste Arzt saß weit weg in San Carlos. Vielleicht wollte Clodomiro auch vor den anderen den mutigen Mann spielen.
Die Spinne im Pelzmantel ist inzwischen wieder unter das Haus gekrochen und in dem dunklen Spalt unter der Haustür verschwunden. Nach der Unterrichtsstunde schaut Manuel noch einmal nach. Aber das unheimliche Haustier ist verschwunden. Auch als er mit der Taschenlampe in den dunklen Spalt leuchtet, kann er sie nicht mehr entdecken. Das macht ihn unsicher. In Gedanken beschäftigt er sich weiter mit der Spinne. Sie begegnet ihm noch zweimal – einmal im Halbschlaf und einmal im Schlaf.
Als er im Bett liegt, stellt er sich vor, die Spinne könne von den Füßen aus über die Bettdecke krabbeln und dann auf sein Gesicht zu. Das letzte Stück zum Gesicht würde sie springen. Manuel würde aufwachen und hätte eine riesige Spinne im Gesicht. Er würde laut schreien, und der Spinne wäre es dann sicherlich egal, ob sie ein Pferd oder einen Menschen tötet. Aber trotz dieser Schauergedanken schläft Manuel ein.

In seinen Träumen kommt die Spinne wieder. Sie ist jetzt noch größer und gefährlicher. Und Maria ist allein. Manuel sieht, daß die Spinne langsam auf Maria zukriecht. Maria ist starr vor Schreck. Sie wagt nicht wegzulaufen. Manuel hat die Situation sofort erkannt. Er reitet auf Jojo ganz nahe an die Spinne heran. Die Spinne springt auf das Pferd zu. Aber sie springt dreimal daneben. Beim vierten Mal macht Manuel eine schnelle Wendung nach links, dann haut er die Spinne mit einer großen Machete in zwei Teile.

Er zieht Maria zu sich aufs Pferd hinauf. Maria weint und klammert sich an Manuel fest. Aber dann umarmt sie ihn zärtlich. Manuel und Maria küssen sich. Dann geht er mit Maria Arm in Arm über die Insel. Vorneweg geht der Trommler und trommelt seine lustige Musik. Die Leute von der Insel lachen und winken. Und da kommt das Geierschwein angelaufen und grunzt, als wollte es Maria und Manuel gratulieren. Manuel wacht auf. Das Geierschwein grunzt wirklich, sehr laut sogar. »Zopilote will dich wecken«, sagt Clodomiro, »es wird auch höchste Zeit.«

## 18. Von einem verregneten Sonntag

Manuel möchte gern mit Maria zusammen sein. Am besten wäre es, wenn er sich einfach mit ihr verabredet. Maria ist zwar älter als Manuel, aber sie hat ihn das nie spüren lassen. Sie könnten am Seeufer entlang gehen und sich eine schöne Stelle suchen. Aber am nächsten Tag ist Maria nicht da. Sie ist mit Sergio zum Festland gefahren. Sergio muß zu einer kleinen Siedlung, die an einem Urwaldfluß liegt.
»Es wird sicher ein schöner Ausflug«, sagt Sergio zu Maria, »und am Montag bist du schon wieder hier«. Sergio hätte ja auch Manuel oder Paco fragen können. Aber er hat nur Maria eingeladen. Manuel ist den ganzen Sonntag über traurig. Er möchte so alt sein wie Sergio und auch das machen können, was Sergio macht. Dann würde *er* Maria mitnehmen, und alles wäre anders.

Die Zeit vergeht an diesem Wochenende ganz langsam. Manuel weiß nicht recht, was er machen soll. So etwas ist ihm bisher auf der Insel noch nicht passiert. Am Montag regnet es den ganzen Vormittag. Manuel liegt in der Hängematte und denkt an Maria. Maria kommt eine Stunde nach dem Mittagessen und ist pitschnass. Als sie mit Sergio losfuhr, hatte noch die Sonne geschienen, und sie hatten keine Regenumhänge mitgenommen. Manuel ist so froh, daß Maria wieder da ist. Er kann sie wieder sehen. Er kann wieder mit ihr sprechen. Aber Manuel läßt sich das nicht anmerken. Er ist ziemlich unfreundlich zu Maria. Schließlich war sie sehr lange mit Sergio weg. Sergio steigt gleich wieder ins Boot. Gegen Abend muß er wieder in San Carlos sein. Das Boot verschwindet im Regen auf dem See. Maria hat sich von Sergio nur kurz und nicht besonders herzlich verabschiedet. Manuel beobachtet das ganz genau.
»Sergio hat mir einiges von sich erzählt«, sagt Maria. »Er hat eine Freundin in Costa Rica. Und er hat mich einmal ziemlich mies behandelt. Das fand ich nicht besonders schön. Vielleicht wäre besser einer von euch mitgefahren.« Manuel fällt ein Stein vom Herzen. Vielleicht wird Maria den nächsten Sonntag mit ihm verbringen. Und dann wird es ganz bestimmt nicht regnen.

## 19. Von Maria und dem Brüllaffen

An diesem Montag regnet es ununterbrochen weiter. Maria hat sich vorgenommen, an ihre Mutter zu schreiben. Sie hat jetzt schon viel erlebt, und es wird höchste Zeit für einen Brief. Zuerst weiß Maria nicht, womit sie anfangen soll. Aber dann hat sie Mühe, all das aufzuschreiben, was es zu erzählen gibt...

*Liebe Mutter!*
*Sieben Wochen bin ich jetzt schon aus Managua weg, und ich muß Dir endlich mal einen Brief schreiben. Meine Karte aus San Carlos hast Du ja sicher schon lange bekommen. Die Leute hier sind lieb und manchmal fast wie Mutter und Vater zu mir. Aber sie sind so arm, daß Du es Dir überhaupt nicht vorstellen kannst. Sie leben in einer Landschaft, die fast wie ein Paradies aussieht. Aber vieles, was man zum Leben braucht, fehlt hier einfach. Es gibt kein Brot, keinen Käse und keinen elektrischen Strom. Die Kinder sind hier früher wirklich gestorben wie die Fliegen, weil kein Arzt in der Nähe war.*
*Aber ich habe hier auf der Insel fast nur schöne Erlebnisse gehabt. Die Leute lernen mit Begeisterung. Nur mit einem vierzigjährigen Mann habe ich Schwierigkeiten. Er sagt, das Lernen hält ihn von der Arbeit ab und außerdem sei ich noch ein Mädchen und viel zu jung. Aber die anderen haben ihm den Kopf schon zurechtgerückt, und ich war ziemlich froh. Aber sonst ist hier jeder Tag ausgefüllt mit schönen, neuen Sachen. Nur gestern hatte ich zum ersten Mal ein schlimmes Erlebnis...*
*Gestern war Sonntag, und ich bin mit Sergio – das ist*

*unser Nachschub- und Verbindungsmann, zu einer kleinen Siedlung im Urwald gefahren. Als wir mit dem Boot ankamen, haben uns die Leute ganz herzlich empfangen und uns mit einem richtigen Festessen bewirtet. Danach hatte Sergio zu tun, und ich bin mit ein paar Jungen auf einem langen Urwaldpfad zum Fluß gelaufen. Als wir kurz vor dem Fluß waren, wurde der Urwald plötzlich sehr dicht. Und die Jungen haben mich gefragt, ob ich Angst habe. Ich war das einzige Mädchen, und die Jungen waren etwas älter als ich. Aber plötzlich hörten wir ganz aus der Nähe ein fürchterliches Brüllen. Ich habe einen Schreck bekommen wie noch nie. Und das Brüllen wurde immer lauter. Es war einfach ganz fürchterlich. Ich glaube, es war ein Kongo, ein Babú, ein großer Brüllaffe oder sowas. Und einer von den Jungen hat ganz langsam und so, als wolle er mich trösten, zu mir gesagt: »Die Kongos holen nie die Männer. Sie holen immer nur die Frauen, um sie zu töten.«*
*Ich habe sofort an die vielen Geschichten von den Kongos und den Frauen gedacht und habe mich sehr gefürchtet. Es war ganz schlimm. Und dann sind wir zurückgelaufen, und ich hatte immer noch dieses fürchterliche Brüllen im Ohr. Ich habe den ganzen Weg zurück nicht geweint. Aber als wir aus dem Urwald kamen und es nur noch zehn Minuten bis zu den Häusern war, habe ich plötzlich angefangen zu heulen. Ich konnte einfach nicht mehr. Stell Dir vor, ich habe fast eine ganze Stunde lang geweint. Und als ich zu den Leuten zurückkam, waren sie sehr freundlich zu mir und haben mich getröstet.*
*Der Großvater kam mit seinem Gewehr gelaufen und rief: »Alle zum Fluß, jetzt schießen wir den Kongo tot!«. Da mußte ich wieder lachen und habe gesagt: »Der Kongo wird gerade auf euch warten, um sich totschießen zu lassen. Der ist doch schon lange verschwunden.« Nur*

*Sergio hat gesagt, ich soll wegen einem Affengebrüll nicht so ein Theater machen, und das sei wieder mal typisch Mädchen. Das fand ich nicht schön von ihm. Neulich ist im Unterricht eine große Spinne auf mich zugekrabbelt. Ich glaube, der Junge neben mir hatte noch mehr Angst als ich. Er ist auch aus Managua und mein Lehrerkollege. Wir verstehen uns ziemlich gut. Aber ich glaube, jetzt habe ich genug geschrieben. Ich freue mich unendlich auf das nächste Wiedersehen und umarme Dich herzlich!*

*Deine Tochter Maria*

*P.s. Grüß alle in Managua von mir und sag' ihnen, daß ich gesund bin, daß es mir Spaß macht, und daß wir unser Ziel erreichen werden.*

## 20. Von der zerschlagenen Schlange

Für Titos Kinder war Paco nicht nur der Lehrer. Wenn Paco seine Streifzüge machte, gingen alle Kinder mit. Nur die längeren Wanderungen machte er mit Tito zusammen. Paco war auf Schatzsuche. Aber er fand nur seltsame Insekten und Käfer. Einmal hatte er einen Stein hochgehoben. Unter dem Stein saß eine große, schwarze Tarantel. Die ganze Insel war voller gefährlicher Abenteuer, und Paco mußte eins nach dem anderen bestehen. Einmal war er mit einer Machete in den Wald gegangen und hatte sich eine Palmblättermatratze geschlagen.

»Darauf schlafe ich besser als in der Hängematte!« hatte er gesagt.

Nach einer Woche wollte er sein Palmblättermatratzenmaterial auswechseln. Als er die Palmblätter hochhob, lag da ein großer, schwarzer, toter Skorpion. Paco hatte nächtelang auf einem Skorpion geschlafen, ohne etwas zu merken. Pacos Gewicht auf der Palmblättermatratze hatte ihn erdrückt.

Jetzt schläft Paco bei Tito im Haus. Er ist ängstlich geworden. Die Sache mit dem Skorpion hätte auch anders ausgehen können. Gleich für die erste Nacht legt er seine Machete griffbereit auf ein Regal an der Wand. Er schläft auf keiner Palmblättermatratze mehr, er schläft wieder in der Hängematte. Tito kommt in dieser Nacht später nach Hause. Paco ist schon halb eingeschlafen. Tito räumt noch einige Sachen zurecht, dann legt er sich im Nebenzimmer ins Bett. Paco schläft ein, aber nicht besonders fest.

Als schließlich der Mond aufgeht und einige Nachtvögel besonders laut schreien, wacht er auf. Schlaftrunken tastet er nach seiner Machete. Sie liegt an ihrem Ort. Die Machete gibt ihm Sicherheit. Doch als er zum Fenster blickt, wird er vor lauter Schreck hellwach. Er befindet sich in Lebensgefahr. Diesmal ist es ernst. Im Mondlicht sieht er die Umrisse einer großen, bewegungslos lauernden Schlange. Die Schlange hat ihren Kopf hoch aufgerichtet und scheint zu Paco hinüberzustarren. Jeden Moment kann sie zustoßen, und dann ist es aus. Paco weiß, daß er sein Leben nur noch retten kann, wenn er blitzschnell handelt. Seine rechte Hand umklammert die Machete. Dann schlägt er mit aller Kraft und Geschwindigkeit nach dem Kopf der Schlange. Gleichzeitig läßt er sich aus der Hängematte fallen.

Er scheint die Schlange getroffen zu haben, denn er spürt heftigen Widerstand. Der Kopf der Schlange muß so hart sein wie Holz. Er hat den Kopf der Schlange getroffen. Die Schlange ist besiegt. Aber im selben Augenblick spürt er einen schmerzhaften Stich im rechten Oberschenkel. Dann fällt etwas auf den Boden, was wie Holz klingt. Die Schlange hat doch noch zugebissen. Paco drückt mit der Hand auf die Wunde und wälzt sich jammernd am Boden. Wer kann ihn jetzt noch retten?

Der Lebensretter heißt Tito.

»Was ist denn hier für ein Krach?« murmelt er, zündet die Petroleumlampe an und leuchtet in Pacos Zimmer. Damit hat er Paco das Leben gerettet. Aber der Lebensretter macht ein sehr böses Gesicht:

»Du hast meine Schlange zerschlagen, du Idiot! Drei Wochen habe ich daran geschnitzt, bis ich jede Bewegung genau raushatte. Sie war besser als echt, meine Schlange. Und jetzt ist auf einen Schlag alles kaputt.«

Paco weiß nicht, was er sagen soll. An den Schlangenbiß denkt er überhaupt nicht mehr. Er legt die Machete auf das Regal zurück und betrachtet die zerschlagene

Schlange. Die Schlange ist tatsächlich aus Holz. Und Tito hat die Bewegung einer Schlange täuschend echt nachgeschnitzt.

»Sie ist wirklich wie echt«, sagt Paco, »vielleicht kann man sie wieder zusammenleimen.«

Das kann man bestimmt nicht«, sagte Tito, »du hast sie ein für alle Mal zerschlagen«.

»Ich wußte gar nicht, daß du auch Holzschnitzer bist«, sagte Paco.

»Ich hab auch erst zwei Figuren geschnitzt«, sagt Tito, »einen Wasserbock und die Schlange. Die habe ich immer auf den Stuhl vor dem Fenster gestellt. Da konnte man ihre Umrisse am besten sehen. Aber weil du ja jetzt hergezogen bist, habe ich sie weggeräumt. Und die Schlange habe ich extra vom Boden aufs Fensterbrett gestellt, damit du nicht drauftrittst. Und jetzt habe ich die Bescherung!« Aber dann beruhigte sich Tito wieder.

»Wenn ich die Bewegung nicht genau getroffen hätte, wäre sie vielleicht jetzt noch ganz«, sagte er, »vielleicht war dein Schlag die größte Anerkennung. Aber jetzt hat keiner mehr was davon. Dabei sollte die Schlange dein Abschiedsgeschenk werden. Und jetzt hast du dein eigenes Geschenk zerschlagen«.

»Ich mache sie wieder heil«, sagt Paco, »und außerdem sind wir noch zwei Monate hier!«

## 21. Von der Schafstallkirche auf Mancarron

Marcelina ist böse auf Jonny. Am Samstagabend hat Jonny Rum getrunken und im ganzen Haus Krach gemacht. Neben Manuels Schlafstelle hat er mehrere Male an die Wand getreten und »Buchstabenscheiße« gerufen. Sogar das Geierschwein war vor Jonny geflüchtet. Clodomiro hatte Jonny ausgeschimpft.
»Mehr als rudern und saufen kannst du doch nicht. Du kannst doch noch nicht einmal deinen eigenen Namen ans Boot schreiben. Dich werden sie genauso bescheißen wie meinen Vater, wenn du nach San Carlos kommst. Es ist zum Jammern!«
Am nächsten Morgen hatte Jonny nicht mehr viel von dem gewußt, was am Abend vorher passiert war.
»Du wirst zu Manuel gehen, und du wirst dich entschuldigen«, sagt Marcelina. Aber Jonny macht mehr.
»Ich fahre dich, wohin du willst, und wenn mir noch so sehr der Schädel brummt!« sagt er zu Manuel. Manuel möchte nach Mancarron, dahin, wo der Padre Cardenal und die anderen gewohnt haben und wo die Schafstallkirche steht.
»Aber Maria muß auch mit!« sagt Manuel.
»Nach Mancarron würde ich gern mit«, sagt Marcelina.
»Dann fahren wir alle zusammen«, sagt Manuel.
Eigentlich wäre er lieber mit Maria allein gefahren. Aber sicher ist es auch gut, wenn Marcelina mitfährt. Schließlich weiß sie von Mancarron soviel wie Manuel und Maria zusammen ...
Jonny rudert wie ein Weltmeister. Fast ohne Pause. Schon nach einer knappen Stunde haben sie Mancarron erreicht. Der Landungssteg ist so ähnlich gebaut

wie der in San Carlos. Er ist nur viel kleiner. Und dahinter fängt auch keine Bretterstadt an, sondern eine Wiese. Sie ist rechts und links von dichtem Gebüsch umgeben, in dem mächtige alte Laubbäume stehen. Weiter hinauf steht ein einsamer tropischer Baumopa – eine große alte Palme mit einem mächtigen Bart. Gleich hinter dem Landungssteg hängt ein Schild. Es ist sehr unbeholfen geschrieben. Vielleicht hat der, der es geschrieben hat, gerade Lesen und Schreiben gelernt. Es muß ein Campesino hier aus der Gegend gewesen sein, denn einige Wörter sind so geschrieben, wie sie hier ausgesprochen werden. Marcelina liest laut vor. Sie will Jonny zeigen, wie gut sie das schon kann:
»WILLKOMMEN REVOLUTIONÄRE GEFÄHRTEN! HIER STANDEN FRIEDLICHE HÜTTEN UND HÄUSER. ABER! ES WAREN DIE HANDLANGER SOMOZAS, DIE ALLES HIER ZERSTÖRTEN, WÄHREND ANDERE FÜR DIE FREIHEIT VON ALLEN KÄMPFTEN.«
Manuel muß an Andrés denken und an das, was Marcelina über ihn erzählt hat.
»Das ist die Wahrheit«, sagt Marcelina.

»Aber es ist schwer zu lesen!« sagt Maria.
Dann laufen sie weiter den Weg zu einem weiß getünchten Haus hinauf. Manuel hat das Haus schon einmal gesehen. Es sieht wirklich aus wie ein großer Schaftstall. Die Tür ist offen, aber innendrin ist es dunkel. »Wir müssen die Fenster aufmachen«, sagt Marcelina, »von jeder Seite eins, dann können wir die Wände sehen!«
Manuel tastet sich im Dunkeln an der Wand lang.
»Hier ist ein Fenster«, ruft Maria.
»Meins geht nicht auf«, sagt Marcelina.
Aber dann gehen fast gleichzeitig drei Fenster auf. Der Raum ist wie verwandelt. Er ist ganz leer, aber die Wände sind bunt, einfach und liebevoll bemalt. Manuel sieht alle möglichen Arten von Booten, Häusern, Vögeln, Bäumen, Schmetterlingen und Blumen. Auch ein ganz und gar friedliches Flugzeug ist dabei – ein Schmetterlingsflugzeug. Vorn steht ein Altar, der mit verschiedenen Bandornamenten geschmückt ist. Über dem Altar leuchtet eine große, rote Blume.
»Eine richtige Kirche war das wohl nicht!« sagt Maria. »Hier fehlt doch die hälfte.«
»Und was ist eine richtige Kirche«, fragt Manuel.
»Mit Heiligenfiguren, mit Säulen, mit dem Kruzifix und mit der Jungfrau Maria«, sagt Maria.
»Vielleicht war das alles mal hier drin«, sagt Manuel.
»Das war nicht hier drin. Meinst du, wir hatten soviel Geld, um uns irgendwelche vergoldeten Heiligen hier hinzustellen. Wir mußten ja alles selber machen. Sogar die Bilder haben sie sich selber ausgedacht, und dabei war kein einziger hier ein gelernter Maler.«
»Und in welche Kirche würdest du lieber gehen, Maria?« fragt Manuel.
Maria wird verlegen. Aber dann antwortet sie ziemlich leise.
»Vielleicht doch in so eine wie die hier.«

»Das kannst du ruhig laut sagen. Ich nämlich auch!« sagt Marcelina.
Manuel muß wieder an Andrés denken. Vielleicht wollte er, daß die Welt einmal so friedlich, so bunt und so schön wird, wie sie hier auf den Wänden der Schafstallkirche aufgemalt ist. Die Bilder sind so wie das Lied, das der Campesino auf der Fahrt nach Solentiname gesungen hatte. Manuel kann sich jetzt gut vorstellen, wie sie alle zusammen diese Lieder hier angestimmt haben. Es muß sehr schön gewesen sein.

## 22. Von den Hautzwickern und der Geschirrspülmaschine

Eine hellbraune magere Kuh mit langen, gebogenen Hörnern schaut sehr interessiert zur Kirchentür herein. Anscheinend hat sie das Innere der Kirche lange nicht gesehen. Drüben steckt eine zweite Kuh den Kopf durchs Fenster. Sie schüttelt sich, als wollte sie sagen:
»Nein, ein Kuhstall ist das hier nicht!« Als Manuel mit Maria aus der Kirchentür kommt, laufen die Kühe weg. Eine solche Geschwindigkeit hätte Manuel den Kühen gar nicht zugetraut. Die Kühe verschwinden in den Büschen. Es ist eine ganze Herde. Aber sie scheinen sehr scheu zu sein.
Rechts neben der Kirche führt ein Weg den Hügel hinauf. Hier ist ein großes, flaches Haus wieder aufgebaut worden. »Es war die Bibliothek von Ernesto«, sagt Marcelina, »sie haben das Haus wieder aufgebaut, aber es ist noch ganz leer.«
Dahinter finden sie die Reste von anderen Häusern und Hütten: halbzerfallene Schilfdächer, die auf dem Boden liegen. Ein paar dicke, vermoderte Balken. Eine verfallene Wand mit letzten Resten von Fensterrahmen. Das ist alles, was von der ganzen Siedlung übriggeblieben ist. Vieles ist schon wieder völlig vom Urwald überwachsen. Man kann nur noch raten, wo hier einmal die Hütten und Häuser gestanden haben.
»Sie haben alles zerstört ... an einem einzigen Nachmittag!« sagt Marcelina. Es war gleich nach dem Kampf in San Carlos. Es wäre gut, wenn alles wieder aufgebaut wird. Vielleicht machen sie sich schon bald an die Arbeit ...« – Jonny hat inzwischen die ganze

Zeit im Gebüsch herumgestöbert. Als er wiederkommt, hat er einen Plastikeimer mit Zitronen in der Hand.
Aber das Essen ist im Boot. Marcelina hat einen ganzen Korb voll mitgenommen, und alle sind inzwischen hungrig geworden. Manuel holt den Korb aus dem Boot. Marcelina und Jonny werden das Essen zubereiten. Hinterher sind Maria und Manuel zum Essen eingeladen.
»Jonny hat das Essen besorgt«, sagt Marcelina. »Es ist sogar eine Büchse mit Fleisch dabei!« Manuel würde am liebsten gleich hierbleiben. Aber Maria will im See baden. Manuel hat ja auch sein Schwimmzeug dabei.
»Aber schwimmt nicht so weit raus. Das kann gefährlich werden!«
Manuel schwimmt mit Maria um die Wette. Sie schwimmen vom Landungssteg ein Stück in den See hinaus und dann zurück. Die fromme Maria ist schneller als Manuel. Er gibt sich alle Mühe, aber er holt sie nicht ein. Dann stehen sie neben dem Landungssteg bis zum Hals im lauwarmen Seewasser und japsen.
»Ich habe gar nicht gewußt, daß du so gut schwimmen kannst«, sagt Manuel.
»Eigentlich siehst du nämlich gar nicht so aus!«
»Ich bin eben anders, als ich aussehe!« sagt Maria.
»Ich hab dich gern«, sagt Manuel ganz plötzlich.
Es ist ihm rausgerutscht, obwohl er es gar nicht sagen wollte.
Aber er hatte die ganze Zeit daran gedacht.
Und jetzt hatte er einfach gesagt, was er dachte.
Maria hatte ihn so eigenartig freundlich angeschaut, und das hatte ihn ermutigt. Und jetzt standen sie beide bis zum Hals in dem samtig weichen, ziemlich undurchsichtigen Seewasser und wunderten sich. Manuel möchte Maria küssen und sie noch näher an sich ziehen. Aber da geht Maria ein kleines Stück zurück.

»Sie können uns doch sehen!« flüstert sie.
Erst jetzt merkt Manuel, daß er die ganze Zeit überhaupt nicht auf Marcelina und Jonny geachtet hat. Aber die beiden schauen in eine ganz andere Richtung. Maria lacht.
»Guck mal, der da!« sagt sie. Nicht weit von ihnen sitzt ein schwarzweißer Wasservogel auf einem Uferstein. Er macht mit seinen Flügeln und mit dem Kopf die unmöglichsten Verrenkungen. Er sieht so aus, als wolle er ausprobieren, wieviel komische Figuren ein ganz normaler Wasservogel auf einem Uferstein an einem ganz normalen Nachmittag machen kann.
»Das ist vielleicht ein komischer Vogel!« sagt Maria. »Aber du bist manchmal genauso. Du machst auch solche Verrenkungen und sagst nicht, was du wirklich denkst. Als ich mit Sergio vom Festland zurückkam, warst du richtig garstig zu mir. Aber jetzt ist es anders.«
Manuel ist froh, daß er endlich gesagt hat, was er denkt.
Da knipst ihm Maria ganz leicht in den Rücken. Aber das kann eigentlich nicht Maria gewesen sein. So lang sind ihre Arme nicht. Manuel dreht sich zur Seite. Aber da ist niemand. Jetzt kneift ihn jemand in den Po. Das kann auch nicht Maria gewesen sein. Maria steht immer noch am selben Fleck und kichert.
»Wenn du mich kneifst, kneif ich wieder«, sagt sie.
Und jetzt hat ihn Maria gekniffen. Das spürt Manuel ganz deutlich. Aber da zwickt ihn jemand anders von hinten in den Oberschenkel. »Hände hoch!« sagt Manuel.
Beide heben die Hände hoch und schauen angestrengt ins Wasser. Da sehen sie es. Die heimlichen Kneifer sind kleine blauschwarze Fische. Manchmal kommen sie an die Oberfläche, aber dann verschwinden sie gleich wieder.

»Komm, wir gehen lieber raus«, sagt Maria, »die Hautzwicker sind mir doch etwas unheimlich. Wenn die erstmal ihre großen Brüder holen ...«
»Die wissen eben, was gut ist!« sagt Manuel.
Sie laufen durch die Wiese zu Jonny und Marcelina. Das Essen ist fertig. Es gibt lauwarmen Reis, schwarze Bohnen und Büchsenfleisch. Jonny hat außerdem Zitronensaft gemacht. Manuel hat selten mit so großer Freude gegessen.
»Wo habt ihr denn eigentlich die ganze Zeit gesteckt?« fragt Marcelina.
»Ihr wart ja wie vom See verschluckt!«
»Am Landungssteg« sagt Maria, »wenn ihr weiter nach links geschaut hättet, hättet ihr uns gesehen.«
»Und außerdem waren wir bei den Hautzwickern«, sagt Manuel, »zuerst habe ich gedacht, es ist Maria. Aber sie war es ganz und gar nicht.«
Marcelina kennt die Hautzwicker schon. Als sie fertiggegessen haben und wieder auf den Landungssteg zurückgehen, hält sie die Teller mit den Speiseresten einfach in den See. Sofort sind die Hautzwicker in hellen Scharen da. Die Teller sind sofort blitzblank. Marcelina macht das ganze so selbstverständlich, als hätte sie schon ihre ganzes Leben lang die Teller auf diese Art und Weise sauber gemacht.
Auf der Rückfahrt strengt sich Jonny wieder mächtig an. Manuel sitzt dicht neben Maria. Es war der schönste Sonntag, den er bisher auf den Solentiname-Inseln erlebt hat. Auch an die Hautzwicker muß er noch einmal denken.
»Das war die billigste Geschirrspülmaschine der Welt!« sagt er zu Marcelina. Aber da fällt ihm ein, daß Marcelina wahrscheinlich gar nicht weiß, was eine Geschirrspülmaschine ist.

## 23. Von Tomaten und vom Tag der Mütter

In der nächsten Zeit ist Maria sehr beschäftigt. Manuel sieht sie kaum. Daran ist Clodomiro schuld. Auf der letzten Versammlung der Campesinos in der 'Schule' hat Clodomiro vorgeschlagen, ein gemeinsames Versuchsfeld anzulegen. Mit Sergio hat er die Idee schon lang und breit besprochen. Sergio wird dafür sorgen, daß für das Versuchsfeld Pflanzen und Saatgut geliefert wird. Clodomiro träumt davon, knallrote Tomaten zu züchten. Auch über das Düngen hat er sich Gedanken gemacht. Die Hühner werden für guten Dünger sorgen. Es muß auch mal etwas anderes zu essen geben als Reis und schwarze Bohnen.

Die übrigen Campesinos sind zunächst mißtrauisch. Sie sagen: »Was auf der Insel wachsen kann, das wissen wir, und was nicht darauf wächst, kann eben nicht darauf wachsen!«

Aber dann greift Tito ein.

»Hat denn hier überhaupt schon mal jemand etwas neues ausprobiert?

Hat denn schon mal jemand etwas angepflanzt, was nicht auch schon seine Väter und Großväter angepflanzt haben?«

Alle schütteln den Kopf. Sie fangen an nachzudenken. Titos Eingreifen hat schließlich Erfolg.

»Man muß einen Anfang machen«, sagt einer von den Campesinos, »sonst bleibt alles, wie es ist!«

Maria übernimmt die Mitverantwortung für das Versuchsfeld. Sie will sich sogar Bücher dafür besorgen. Und Sergio wird bald die ersten Tomatenpflanzen mitbringen. Clodomiro ist zufrieden. Bald wird er die ersten Tomaten ernten, und Marcelina wird einen Toma-

tensalat machen. Auch im Unterricht wird über das Versuchsfeld geredet. Das Schreiben und Lesen wird jetzt mit Pflanzennamen geübt. Wenn erstmal ausgesät ist, werden Schilder mit den Pflanzennamen gebraucht. Jetzt macht der Unterricht wieder besonderen Spaß.

Aber Manuel hat auch Mißerfolge. Eufemia war eine Woche lang krank. Danach will sie nicht weitermachen. Die paar Worte, die sie jetzt schreiben kann, genügen ihr.

»Die werde ich nie verlernen«, sagt sie stolz. Manuel kann sie nicht überreden, weiterzumachen. Auch Marcelina nicht.

»Das ist nichts mehr für mich«, sagt sie, »ich kann ja hundert Geschichten erzählen, aber das Schreiben ist viel zu mühselig und langsam. Wer so langsam schreibt wie ich, hat keine Zeit mehr zu reden.«

»Deine Geschichten sind auch wichtig. Sehr sogar!« sagt Segio, »aber noch besser wäre es, du könntest sie selber aufschreiben.«

»Ich kann sie doch nicht erzählen, wenn mir keiner zuhört«, sagt Eufemia. »Geschichten gehören in die Ohren der Leute und nicht aufs Papier!« Eufemia läßt sich nicht überzeugen.

»Dann soll sie wenigstens Manuel beim Wort nehmen«, sagt Sergio. »Der sammelt ja solche Geschichten.«

Manuel geht zuerst nicht zu Eufemia. Irgendwie hat er das Gefühl, daß er Eufemia falsch behandelt hat. Aber die anderen machen ja weiter mit. Sogar Clodomiro ist immer noch dabei. Und wenn er einmal sagen kann: Ich habe Marcelina, einer sechzigjährigen Bauersfrau aus Solentiname, das Lesen und Schreiben beigebracht, hat er gesiegt.

Manuel wohnt jetzt schon drei Monate im Haus von Marcelina und Clodomiro. Sie behandeln ihn wie ihren eigenen Sohn.
»Ich bin deine Mutter vom Land, und Clodomiro ist dein Vater vom Land!« sagt Marcelina eines Tages zu Manuel.
Eine Woche später ist der 'Tag der Mütter', der in ganz Nicaragua gefeiert wird. Manuel hat jetzt zwei Mütter, eine Stadtmutter und eine Landmutter. Die Landmutter schenkt Manuel ein Huhn für die Stadtmutter. Am Tag der Mütter fährt er mit den anderen nach San Carlos. Viele Stadtmütter wollen endlich ihre Kinder wiedersehen. Dafür haben sie eine sehr weite und anstrengende Reise gemacht. Manuel und die anderen fahren mit dem Motorboot. Sie sind in wenigen Stunden in San Carlos. Fast alle haben Geschenke für die Stadtmütter mitgebracht. Die Stadtmütter können es kaum fassen, daß ihre Kinder noch so gesund und munter sind und sie noch obendrein mit Hühnern, kleinen Papageien, Blumenkränzen und anderen schönen Dingen beschenken. Erstmal liegen sich alle in den Armen, und mache fangen sogar an zu weinen. Und dann gibt es soviel zu erzählen nach all den langen Monaten. Und dazu krächzen die Papageien, gackern die Hühner und quieken die Ferkel.
»Die Fahrt war entsetzlich. Vierzehn Stunden lang in diesem Kasten. Wie habt ihr das nur ausgehalten?« sagt die Mutter von Maria.
»Ein Glück, daß du alles gut überstanden hast«, sagt Gladys. »Ich hatte schon große Angst um dich.« Aber Manuel hat die Krankheit fast vergessen. Er hat jetzt andere Sorgen. Hoffentlich erreichen alle in seiner Lerngruppe das Ziel. Das ist für ihn jetzt wichtig. Eigentlich möchte er seiner Mutter auch von Maria erzählen. Aber die Zeit ist einfach zu knapp. Gladys freut sich über das Huhn.

»Aber wie bekomme ich das Huhn ins Flugzeug«, sagt sie. Sie ist mit dem Flugzeug von Managua gekommen. Vielleicht macht der Pilot auf dem Rückflug eine Ausnahme. In einer halben Stunde muß sie wieder zum Flugplatz.

Gladys hat jetzt viel Zeit. Manuels Vater ist wieder im Ausland. Er arbeitet als Beauftragter des Handelsministeriums. Für den Wiederaufbau des Landes wird so gut wie alles gebraucht. Manuels Vater soll mithelfen, daß die notwendigen Sachen geliefert werden. Manuels Mutter ist also allein. Alle Kinder sind aus dem Haus. Nur das Hausmädchen ist noch da. Im nächsten Monat will Gladys ans Meer fahren, um ihre Schwester zu besuchen. Dazu hat sie jetzt endlich mal Zeit.

»Ich habe gar nicht gewußt, wie groß Nicaragua ist«, sagt sie. »Vom Flugzeug aus konnte man alles wunderschön sehen: die Ebenen, die Seen, die Vulkane und die Gebirge.« Beim Abschied sagt sie zu Manuel:

»Und schreib mir auch mal einen Brief, nicht nur alle vier Wochen eine Postkarte.«

Dann verschwindet sie mit dem Huhn im Flugzeug. Anscheindend darf sie es bei sich behalten. Manuel wird Marcelina alles erzählen, und er wird herzliche Grüße von der Landmutter an die Stadtmutter überbringen. Und dann wird er mit Marcelina das Paket auspacken, das die Stadtmutter aus Managua mitgebracht hat.

Drei Tage später sitzt Manuel bei Eufemia. Er hat ihr sogar ein Geschenk mitgebracht – eine Büchse mit Fleisch und eine mit Tomaten.

»Sowas werdet ihr bald selber ernten«, sagt Manuel und zeigt auf die Tomaten. Eufemia rätselt, warum ihr Manuel ein Geschenk mitgebracht hat.

»Es ist aus einem Paket von meiner Stadtmutter«, sagt er, »ich habe es mit Marcelina ausgepackt, und sie sagt, wenn ich schon zu dir gehe, soll ich wenigstens ein Geschenk mitnehmen.«

Eufemia ist erleichtert. Sie soll nicht wieder anfangen mit dem mühseligen Lesen und Schreiben. Manuel ist nur gekommen, um Geschichten zu hören. Da läßt sie sich natürlich nicht lange bitten. Sie erzählt Manuel alle alten Geschichten, die sie noch weiß. Daraus könnte man wirklich ein schönes Buch machen, denkt Manuel, als er spät abends zum Haus von Marcelina und Clodomiro zurückgeht ...

## 24. Von der Suche nach dem Schlangenholz

Alle kümmern sich um das Versuchsfeld. Nur einer nicht, und das ist Paco. Jede freie Minute ist er auf der Insel unterwegs. Paco sucht Schlangenholz. Er hat versucht, die Holzschlange wieder zusammenzuleimen. Aber es ist unmöglich. Das Holz ist gesplittert, und eine Schlange mit Korsett will er Tito nicht zurückgeben. Also fragt er Tito, wie man eine neue Schlange macht.
»Du mußt zuerst Holz suchen, einen Ast oder eine dicke Wurzel. Und die muß schon etwas von der Bewegung der Schlange in sich haben. Deshalb ist es auch so schwer, sowas überhaupt zu finden. Manchmal muß man sehr, sehr lange suchen. Und wenn man endlich so ein Schlangenholz gefunden hat, muß man es lange anschauen und dann nach und nach die Bewegung der Schlange herausschnitzen. Jedenfalls mache ich es immer so. Aber das schwierigste ist, so ein Holz überhaupt zu finden. Manchmal sucht man zwei Wochen und länger.«
Aber das ist Paco egal. Er will für Tito das beste Schlangenholz finden, das es auf der Insel gibt. Jeden Tag ist er stundenlang unterwegs. Er findet Wurzeln und Äste, die sich zu eignen scheinen. Aber nie ist er zufrieden. Paco sucht weiter. Seine Machete hat er immer bei sich. Einmal hat er sich fast eine Stunde lang durch dichtes Gebüsch geschlagen. Er kommt an einen Steinbruch. Eine kleine rotbraune Schlange verschwindet in einem Gewirr aus großen, verwachsenen Baumwurzeln. Paco umklammert den Griff seiner Machete. Aber diesmal schlägt er nicht zu. Er hat jede Bewegung der Schlange beobachtet. Hier müßte es eigentlich auch gutes Schlangenholz geben. Vielleicht hat er diesmal Glück.

Die Wurzeln sind wirklich wild durcheinander gewachsen. Sie ragen meterlang aus dem Boden. Manche sind wulstartig verdickt und ineinandergeschoben. Paco sucht mit viel Geduld. Aber wieder hat er kein Glück. Gerade als er sich entschlossen hat, wieder nach Hause zu gehen, findet er einen eigenartig gewachsenen Baumstumpf. Ein Teil davon erinnert ihn an den Kopf einer Schildkröte. Auch den dazugehörigen Panzer kann man sich vorstellen. Die Bewegung der Schildkröte scheint schon im Holz zu stecken.

Paco schaut sich die Sache genau und von allen Seiten an. Dann geht er an die Arbeit. Seine Machete ist so scharf wie ein Beil. Nach zwei Stunden hat er es geschafft. Tito wird daraus eine wunderbare Schildkröte schnitzen. Der Holzbock ist schwer. Alle zwanzig Meter muß Paco sich ausruhen. Aber einen Hocker zum Draufsetzen hat er ja bei sich. Das ist der Holzblock, der bald eine Schildkröte sein wird. Das Schlangenholz hat er fast vergessen.

Aber da sieht er im Unterholz eine... Nein, es ist doch ein Ast, ein eigenartig gewundener Ast, der fast so aussieht wie eine rotbraune Schlange. Paco schaut sich den Ast mehrere Male an, und dann merkt er, daß er heute doppelt Glück gehabt hat. Er braucht den Schlangenast nur aufzuheben. Kein einziger Schlag mit der Machete ist notwendig.

»Das war doch nicht nötig«, sagt Tito, als Paco den Schildkrötenholzblock heranwuchtet.

»Doch«, sagt Paco, »das ist für die zerschlagene Schlange.«

»Es wird eine schöne Schlange werden«, sagt Tito, als er den Ast in der Hand hält, »da brauche ich gar nicht mehr viel dran zu machen.«

Aber der Schildkrötenholzblock interessiert ihn eigenartigerweise mehr.

»Daraus werde ich die ganze Schildkröte schnitzen«,

sagt er geheimnisvoll, »die ganze heilige Schildkröte.« Paco schaut erstaunt und fragend zu Tito hinüber.
»Komm mit!« sagt Tito und nimmt sein Gewehr von der Wand.
»Ich werde dir etwas zeigen, und dann weißt du Bescheid.«

## 25. Vom Schildkrötenstein

Tito läuft mit Paco zurück ins Innere der Insel. Paco kennt das Innere der Insel inzwischen genau. Aber heute läuft Tito mit ihm weiter als sonst. Sie kommen in eine Gegend, die Paco noch nicht kennt. Der Weg wird immer schmaler. Schließlich endet er an einer Stelle, wo der Wald besonders undurchdringlich und dicht scheint. Am Ende des Weges liegt ein Stein, wie man sie sonst nur am Seeufer findet. Aber auf diesem Stein entdeckt Paco jetzt ein eigenartiges Zeichen. Irgend jemand scheint es vor langen Zeiten in den Stein gemeißelt zu haben. Es sieht aus wie ein Auge und ein Pfeil. Aber beides ist halb von Moos und Flechten überwachsen.
Tito hat hinter dem Stein die Büsche auseinandergebogen. Sie müssen sich noch eine Weile mühsam durchs Unterholz arbeiten, und dann beginnt plötzlich ein neuer Pfad. Paco hat diesen Pfad noch nie gesehen. Er schlängelt sich geheimnisvoll ins Innere der Insel. Manchmal geht es ziemlich steil bergauf. Blaublitzende Kolibris flattern vor ihnen her. Manchmal bleiben sie wie große Insekten in der Luft stehen. Paco hat nicht erwartet, daß man so weit ins Innere der Insel vordringen kann. Aber Tito scheint den Weg gut zu kennen. Auch als ein anderer Pfad kreuzt, weiß er noch genau die Richtung.
Paco hat das Gefühl, daß sie jetzt bald den höchsten Punkt der Insel erreicht haben. Und ich habe gedacht, ich kenne die Insel, denkt Paco. Aber der Wald wird immer dichter. Dann stehen sie plötzlich im Freien.
Der höchste Punkt der Insel ist eine mit hohem Gras bewachsene Wiese, die von dichtem Urwald umgeben ist. Es sieht fast so aus, als sei diese Wiese einmal von

Menschen angelegt worden. Man kann von hier oben weit über den See bis zu den benachbarten Inseln schauen. Und man ist dem Himmel ganz nahe. Nur ein einziger Pfad scheint zu dieser Wiese zu führen, und kein Mensch kann ahnen, daß die Bergkuppe auf der Insel nicht auch mit dichtem Urwald bewachsen ist. Aber Tito hat Paco nicht hierhergeführt, um ihm eine versteckte Wiese zu zeigen. Mitten aus der Wiese ragt ein großer, eigenartiger Stein.
»Komm hierher!« sagt Tito und geht ein paar Schritte zurück.
»Von hier aus kannst du besser sehen, was das ist.«

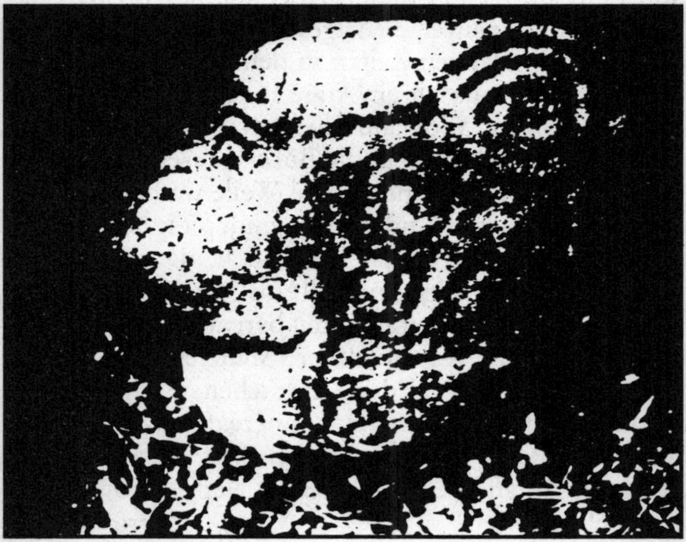

Tito hat recht. Paco erkennt den riesigen Kopf einer in Stein gehauenen Schildkröte. Ein Teil des Schildkrötenkopfes scheint die natürliche Form des Steines zu sein. Der Stein sah vorher schon fast wie ein Schildkrötenkopf aus. Aber irgendwelche Menschen hatten den Stein noch bearbeitet und hatten einen ganzen Schildkrötenkopf daraus gemacht. Außerdem hatten sie Linienmuster, die fast wie geheimnisvolle Zeichen aussehen in den Stein gemeißelt. Den Panzer der Schildkröte konnte man nur ahnen. Wahrscheinlich war er ganz von Erde bedeckt.

»Mein Urgroßvater hat diesen Stein gefunden«, sagt Tito. Zuerst hat er niemand etwas davon gesagt. Noch nicht einmal seiner Frau. Als er dann merkte, daß er bald sterben würde, hat er seinen ältesten Sohn, meinen Großvater, zu sich gerufen und hat ihm von dem Stein erzählt. Kurz vor seinem Tode hat es dann mein Großvater meinem Vater erzählt. Aber mein Vater war anders. Er wollte nicht so lange warten, um die Kunde von der heiligen Schildkröte weiterzugeben. Er hat seine Frau zu dem Stein mitgenommen und mich gleich dazu. Der Stein war für ihn kein Heiligtum wie für meinen Großvater. Er war ein Vermächtnis unserer ersten Vorfahren, und das wollte er nicht ein ganzes Leben allein mit sich herumschleppen. Ich habe nicht alles verstanden, was er damals gesagt hat. Aber vieles ist mir noch heute in Erinnerung. Alle hatten sie damals Angst, daß die Fremden kommen und den Stein zerstören, oder daß sie ihn wegschleppen und ins Ausland verkaufen. Deshalb sollten wir die heilige Schildkröte keinem Fremden zeigen. Wir mußten ja immer den Stein pflegen und auch den Pfad einige Male im Jahr freihauen. Sonst wäre sicher schon alles zugewachsen. Und mir hat der Stein auch etwas gegeben. Er hat mir gezeigt, wie man die Form der Natur und die eigenen Gedanken zusammenbringt. Ich habe zwar keine Zeit, Steine zu behauen. Aber mit Holz geht das ja auch.«

»Und außer den Leuten von der Insel hat bis jetzt keiner den Stein gesehen?« fragt Paco.

»Nein«, sagt Tito. »Noch nicht einmal alle von der Insel. Manche interessieren sich gar nicht dafür, und der erste Fremde bist du. Aber wir können ihn jetzt auch den anderen zeigen. Ihr habt uns schon soviel erzählt, und ich habe immer gedacht: Unsere Insel hat ja auch ihre Geschichte. Und das hier gehört sicher dazu.«

»Und du hast keine Angst, daß der Stein doch noch weggeschleppt wird, wenn es erstmal alle wissen«.

»Nein«, sagt Tito, »das kann jetzt niemand mehr machen, wenn er nicht unsere Erlaubnis hat. Ich habe mich erkundigt. Und jetzt werden sie ihn sicher nicht wegschleppen und verkaufen, damit sich irgendein Millionär in den USA seinen Vorgarten schmücken kann«.

Dann schlägt Tito Paco auf die Schulter und sagt:

»Komm, die Schildkröte will schlafen«.

Paco weiß jetzt genau, daß Tito der zerschlagenen Holzschlange nicht mehr nachtrauert.

## 26. Von einem kriegerischen Brief

Manuel schreibt einen Brief an seine Mutter. Er muß sich beeilen. Hoffentlich bekommt Gladys den Brief, bevor sie wieder von Managua wegfährt.

*Liebe Mutter!*

*An allen Fronten wird gekämpft, und ich bin dabei. Unser Feldzug dauert noch sechs Wochen, und wir haben schon wichtige Erfolge erzielt. An der Front im Norden scheint der Kampf besonders hart zu sein. Es hat sogar Tote gegeben. Ist das nicht furchtbar? Sicher hast du schon davon gehört und auch wer dahintersteckt: ehemalige Nationalgardisten. Einen von uns haben sie sogar gefoltert und hinterher zu Tode geprügelt. Er heißt Georgino Andrade und ist für uns alle gestorben. An unserem Frontabschnitt ist es zum Glück viel ruhiger. Nur manchmal klappt es mit dem Nachschub nicht so recht. Wir bekommen unsere Munition aus San Carlos.*

*Ganz herzlichen Dank für das Paket, das du mir mitgebracht hast. Wir haben mit meinen Gasteltern ein kleines Fest gemacht. Paco aus Masaya hat Gitarre gespielt, und Maria war auch dabei. Ich muß dir sagen, daß ich Maria sehr gern habe. Sie ist auch aus Managua. Ich glaube, sie wohnt gar nicht weit weg von uns. Wir haben hier nur wenig Zeit für einander. Der Feldzug ist nämlich manchmal sehr anstrengend.*

*Grüß Aurelia ganz herzlich von mir und sag ihr, daß meine älteste Schülerin sechzig Jahre alt ist und daß wir auf dem ersten Versuchsfeld bald Tomaten ernten. Sowas gabs hier noch nie.*

*Umarmungen und Grüße,*

*Dein Sohn Manuel.*

Darunter ist in großen Buchstaben geschrieben:

*Viele Grüße auch von*
*MARCELINA CLODOMIRO CARLOS MARGARITA*

## 27. Von einem Padre mit Scheitel und Locke

»Mein Gott, es ist wieder Krieg«, flüstert Gladys, als sie Manuels Brief liest. Auch das Hausmädchen ist entsetzt. Aber zum Glück ist Aurelia gerade zu Besuch da. Sie klärt alles auf. Die kriegerischen Worte bezeichnen ganz und gar friedliche Sachen. Die Munition zum Beispiel, das sind die Hefte, die Bücher und die Bleistifte. Gladys kann beruhigt auf ihre schon lange geplante Wochenendreise gehen.
Sie besucht ihre Schwester, die in einer großen Stadt am Meer wohnt. Am Sonntagmorgen gehen die beiden Frauen zur Messe. Der Padre vorn am Altar hat ein etwas rötliches Gesicht, eine Knubbelnase, einen schnurgeraden Scheitel und eine Locke, die nicht zum Scheitel passen will. Gladys hat diesen Mann irgendwo schon einmal gesehen. Aber woher soll sie ihn kennen? Vor und nach der Predigt werden Lieder gesungen. Zwei Jungen stimmen die Lieder an. Der eine spielt Gitarre, der andere eine Orgel, wie man sie sonst nur bei Tanzkapellen sieht. Am Schluß verliest der Padre die Gemeindenachrichten.
»Und dann noch eins«, sagt er. »Ich muß morgen früh nach Chinandega zu einer Konferenz. Erst am nächsten Samstag bin ich wieder hier. Wer also sterben will, der soll das bis morgen früh tun oder ab nächsten Samstag, sonst kann ich ihm nicht die Sterbesakramente geben«.
»Er ist noch immer so«, sagt jemand zu Gladys. Die anderen Leute feixen. In der Messe sind sehr viele junge Leute. Sie kennen ihren Padre. Die Messe ist zu Ende. Von irgendwoher kennt Gladys den Padre auch.
»Es könnte ein ehemaliger Lehrer von Manuel sein«, sagt sie.

»Gehen wir doch zu ihm«, sagt ihre Schwester.
Neben dem Glockenturm steht ein großes Schwein. Es frißt die Speisereste, die ihm die Haushälterin hinschüttet. Vor der Tür sitzt ein Papagei auf einer Stange, der die beiden Frauen mit schiefem Kopf beäugt. Gladys hat recht. Der Padre ist kein anderer als Hubert Schedel. Die Bilder seiner Amtsvorgänger hängen an der Wand. Es sind viele. Keiner hat es hier länger ausgehalten als zwei Jahre. Hubert Schedel ist schon drei Jahre hier, und er will auch noch länger bleiben.
»Die Arbeit ist schwer hier«, sagt er, »und deshalb ist sie so wichtig.«
An Manuel kann er sich noch erinnern.
»Er ist allein nach Acahualinca gelaufen, nur um die versteinerten Spuren zu finden. Er wollte immer wissen, was hinter den Dingen ist, und das war gut so.«
Gladys erzählt Hubert Schedel, wo Manuel gerade steckt und was er schon alles erlebt hat.
»Das hätte ich ihm nun aber doch nicht zugetraut in seinen weißen Tennisschuhen«, sagt Hubert Schedel. »Aber in diesem Land hat sich ja sehr viel verändert, und das ist gut so, auch für meine Arbeit...«

## 28. Von einer Entdeckung und von Marcelina

Sergio geht zu Maria, Paco und Manuel. Maria hat einen ausführlichen Bericht über das Versuchsfeld geschrieben. Das hatte Sergio erwartet. Aber über Paco wundert er sich. Der wollte zuerst überhaupt keinen Bericht schreiben.
»Wenn die Leute von mir lesen und schreiben lernen, reicht das«, hatte er gesagt. »Schließlich will ich hier unten auch was erleben.«
Und jetzt hat Paco doch einen Bericht geschrieben. Es ist ein Bericht über einen Schildkrötenstein mit Zeichnungen und allem drum und dran. »Das ist etwas reales«, sagt er. »Das sind nicht so Geschichten, die sich die Leute ausdenken. Das ist die Wahrheit.«
»Zuerst wolltest du gar nichts machen und jetzt mecker nicht über Manuel«, sagt Sergio. Manuel freut sich über Pacos Bericht, und er hat sofort eine Idee. Er holt seine Berichte und die Geschichtensammlung.
»Hier diese Geschichte müßt ihr lesen!«
Jetzt staunen alle, auch Paco.
Da wo Manuels Geschichte aufhört, fängt Pacos Bericht an. Die Geschichte von der Indianerschildkröte muß etwas mit dem Schildkrötenstein zu tun haben. Das ist mehr als wahrscheinlich. Tito wird die erste Führung zum Schildkrötenstein machen.
»Wir haben eine Entdeckung gemacht«, sagt Sergio, als sie alle vor dem Schildkrötenstein stehen, »und jeder hat auf seine Weise mitgeholfen.«
»Vielleicht gibt es hier noch mehr solche Sachen«, sagt Paco, »man müßte nur anfangen zu buddeln.«
»Aber doch nicht jetzt«, sagt Sergio. »Wir müssen anfangen, die Abschlußfeier vorzubereiten. Wie sieht es

eigentlich in den Gruppen aus?«
Paco und Maria sind zufrieden, obwohl es einige Schwierigkeiten und Enttäuschungen gab. Auch Manuel hatte seinen Kummer. Eufemia war nicht mehr wiedergekommen. Sie hatte ihm zwar die Geschichte von der Indianerschildkröte und andere Sachen erzählt. Aber warum hatte sie dann doch so schnell aufgesteckt? Carlos war manchmal einfach nicht in den Unterricht gegangen. Manuel hatte dann herausbekommen, daß er bei Paco war. Nur, weil der nach dem Unterricht immer Gitarre spielte. Auch Clodomiro fehlte oft, weil er immer wieder seine Kopfschmerzen bekam. Margarita hatte mit ihren kleinen Geschwistern zu tun. Aber sie holte immer wieder schnell auf. Clodomiro war unendlich stolz, daß er trotz der fehlenden Stunden ein bißchen schneller lesen und schreiben konnte als seine Frau.
Marcelina schrieb sehr bedächtig und langsam, aber auch sehr schön. Manchmal hatte Manuel den Eindruck, daß jeder Buchstabe, den sie schrieb, für sie ein kleines Kunstwerk war und daß sie jedes Wort beim Lesen noch aus seiner Rätselform erlösen mußte.
Marcelina war für ihn zu einer wirklichen Mutter geworden, durch die er groß und erwachsen wurde. Und Marcelina mußte ja selber einen Anfang machen, der schwer war. Jeder hatte sie vorher anerkannt. Sie war die Mutter, sie war die Hausfrau. Sie konnte kochen und brachte die Sachen auf den Tisch. Sie versorgte die Männer und die Kinder. Keiner konnte das so gut wie sie.
Sie hatte das in Jahrzehnten gelernt. Und sie wurde immer wieder von neuem Mutter, und Clodomiro war stolz darauf. In anderen Familien kam auch jedes Jahr ein Kind zur Welt. Und Marcelina hatte vierzehn Kinder zur Welt gebracht. Aber nur drei hatten überlebt. Die anderen waren schon im frühen Kindesalter gestor-

ben. Als sie krank wurden, konnte ihnen niemand helfen.
Eigentlich hätte keiner verlangen können, daß sich Marcelina nach einem solchen Leben noch einmal hinsetzt und Lesen und Schreiben lernt. Aber sie hatte es getan. Sie hatte sich auf etwa eingelassen, wo sie wieder ganz von vorn anfangen mußte. Das hatte ihr oft Angst gemacht. Am Herd hatte sie ihren sicheren Platz. Vor dem weißen Papier, mit dem Bleistift in der Hand, war sie wieder ein kleines, unbeholfenes Kind. Aber sie hatte nicht aufgegeben, obwohl sie vom Anfang bis zum Ende immer die letzte in der Gruppe war. Und das wußte sie. Nur Eufemia war noch langsamer gewesen. Aber die hatte ja aufgegeben. Für Manuel war Marcelina die erste in der Gruppe. Wenn sie das Ziel erreichen würde, hätte auch er es geschafft. Wenn sie aufgegeben hätte, wäre er der Verlierer gewesen.
Und jetzt macht Marcelina die letzten Übungen vor dem Abschluß des Lehrgangs. Und es wird langsam immer gewisser, daß sie es schafft. Noch vor einem Jahr hätte Manuel so etwas nicht selber geglaubt: Er hat einer Frau, die ein ganzes Leben lang älter ist als er und die in der schönsten und zugleich ärmsten Gegend von Nicaragua lebt, das Lesen und Schreiben beigebracht, und ist selber dadurch größer geworden.

# 29. Von der Abschlußfeier mit Tomatensalat

Die letzten Wochen vergehen viel schneller, als Manuel es erwartet hat. Für die Abschlußfeier muß viel getan werden. Marcelina hilft, wo sie kann. Nur an zwei Nachmittagen hat sie sich zurückgezogen. Sie schreibt an einer Sache, von der niemand etwas wissen soll. Clodomiro ist stolz. Er hat die ersten Tomaten geerntet. Nach der Abschlußfeier wird es Tomatensalat und Spaghetti mit Fleischsauce geben. Für die, die solche Neuartigkeiten nicht mögen, werden auch gebratene Bananen, Reis und schwarze Bohnen zubereitet. Carlos, Hillario, ein Sohn von Tito, und Margarita hocken

stundenlang zusammen und spielen Gitarre. Sie üben Lieder für die Abschlußfeier ein. Carlos kann schon drei Griffe.
Paco, Tito und Maria haben eine kleine Ausstellung aufgebaut: 'Funde von der Insel'. Der Schildkrötenstein ist nicht dabei, aber eine Schildkröte und eine Schlange, die Tito geschnitzt hat. Dann gibt es noch Tonscherben, den Bericht und die Zeichnungen von Paco, Bilder, die die Campesinos gemalt haben, und drei Geschichten von Eufemia, die Manuel in großen Buchstaben aufgeschrieben hat. Die Leute stehen davor, lesen sie langsam und bedächtig und geben sachkundige Kommentare ab. Eufemia hätte eigentlich die Geschichten gerne selber aufgeschrieben. Aber jetzt ist sie stolz, daß sie doch noch auf ihre Weise dabei sein kann. Dann ist der letzte Abend auf der Insel gekommen.
Manuel freut sich auf zu Hause. Aber zugleich ist es, als müßte er morgen von zu Hause weg. Es war eine ganz andere Welt, die er hier kennengelernt hat. Eigentlich eine wildfremde Welt, wenn er sie mit seinem Zuhause in Managua vergleicht. Und Manuel war ja auch mißtrauisch gewesen. Er mußte an den schmutzigen Mann und die erste Begegnung mit den Campesinos von Solentiname auf der Herfahrt denken. Aber dann war es gewesen, als wären viele dicke Trennungsmauern eingestürzt. Die Leute hatten sie einfach tagtäglich spüren lassen, daß sie die ersten waren, die gekommen waren, um ihnen zu helfen. Dabei war das Leben hier alles andere als leicht gewesen. Manuel hatte sich mehr als einmal gewünscht, wieder in Managua zu sein. Und jetzt waren die Campesinos stolz auf sich selber und wollten die jungen Leute gar nicht wieder weglassen.
Die Abschlußfeier fängt mit Liedern an. Carlos und Hillario sind sehr aufgeregt. Aber Margarita rettet die

Situation. Wenn die beiden anderen vor lauter Aufregung nicht mehr weiter wissen, singt sie die Strophe allein zu Ende. Und dann hält Sergio eine ziemlich lange Rede. Er spricht davon, wie der Feldzug im ganzen Land geführt wurde, welche Opfer es gab und welche Siege errungen wurden. Er schließt seine Rede mit den Worten:

»Als wir in San Carlos auf das Boot nach Solentiname warteten, sagte uns jemand: 'Von euch Grünschnäbeln will niemand belehrt werden. Erst recht nicht die Campesinos von Solentiname. Die werden euch was husten!' Und dann habt ihr nicht nur von uns, sondern wir haben auch von euch gelernt. Und ihr habt uns nichts gehustet. Dafür danken wir euch!«

Für die Campesinos redet die älteste Schülerin, Marcelina:

»Wenn ich früher in San Carlos war und vor einer Uhr stand, dann mußte ich andere Leute fragen, wieviel Uhr es ist. Auf dem Amt habe ich nur mit dem Daumen unterschrieben. Die Buchstaben von meinem eigenen Namen hätte ich nicht einmal erkannt. Ich konnte niemandem auch nur eine Zeile schreiben, und was in der Zeitung stand, mußte ich mir vorlesen lassen. Ich konnte keine Rechnung lesen und auch nicht die Wörter an den Häuserwänden. Nur den Hut von Sandino habe ich immer erkannt.

Jetzt kann ich meinen Namen schreiben und ich weiß, daß das mein Name ist, was ich da schreibe. Und ich kann mehr als meinen Namen schreiben. Das alles war für mich eine ganz große Entdeckung. Es war, als würde die Welt noch einmal anfangen, als würde ich noch einmal anfangen zu leben und zu sehen. – Zum ersten Mal fühle ich mich wirklich als vollwertiger Mensch, und deshalb möchte ich weiterlernen. Man kann nicht immer nur hören, was im Land passiert. Man muß auch nachlesen.

Und ich danke euch allen, besonders Sergio, der sich um alles immer so gut gekümmert hat, und auch Maria und Paco, die uns Helfer und Lehrer waren. Und dann danke ich Manuel, der mir all das beigebracht hat, über das ich mich jetzt freue. Er war nicht nur mein Lehrer. Er war auch mein Sohn. Die neue Regierung in Managua, die euch ausgerüstet und hergeschickt hat, soll auch herzlich bedankt sein.
Viva Sandino! Gott segne euch alle!«
»Bravo!« ruft Clodomiro. Er ist sehr stolz auf seine Frau. Alle klatschen laut und deutlich. Marcelina schüttelt noch einmal allen die Hand. Zum Schluß umarmt sie Manuel. In seinen Augen stehen Tränen. Er weint vor Freude. Nach der Feier gehen sie zum Essen. Marcelina hat wieder alle Hände voll zu tun. Aber diesmal hilft ihr Clodomiro. Er hat auch den Tomatensalat gemacht. Viele tauschen ihre Adressen aus. Schreiben können ja jetzt alle. Und morgen wird nicht mehr viel Zeit dafür sein.

## 30. Von einem Brief und vom Abschiednehmen

Mit dem Boot, das am nächsten Morgen Manuel und die anderen abholt, kommt auch die Post. Ein Brief an Manuel ist dabei. Seine Mutter hat noch einmal geschrieben. Er steckt den Brief ein, um ihn später in Ruhe zu lesen. Alle verabschieden sich voneinander. Manuel wäre gern noch hier geblieben. Clodomiro wäre gern mit nach Managua gefahren. Paco hätte gern die steinerne Schildkröte ganz ausgebuddelt. Tito würde gern mit Paco nach Masaya fahren. In diesen zehn Minuten eines herzlichen Abschieds bleiben alle Wünsche unerfüllt.
Die Gastgeschenke gackern, grunzen und krächzen wieder. Nur Pacos Geschenk sagt keinen einzigen Ton. Es ist eine schwere, hölzerne Schildkröte, die Tito noch in letzter Minute fertig geschnitzt hat. Die Indianerschildkröte oben auf der Insel hat Modell gesessen. »Hätte er mir doch lieber die Schlange geschenkt«, ächzt Paco, als er das gewichtige Geschenk ins Boot wuchtet.
Sergio hat einen großen, grünen Papagei auf der Schulter, Maria ein Huhn unter dem Arm. Manuels Geschenk quiekt. Es ist ein Nachkomme von Zopilote, dem Geierschwein. Ihre Lampen haben sie den Campesinos übergeben. Sie hängen jetzt in den Hütten und Häusern auf der Insel.
Das Boot hat inzwischen abgelegt. Die Inselleute stehen am Ufer und winken zum letzten Mal. Dann wird die Insel immer kleiner. Schließlich ist sie nur noch ein schwarzgrüner Punkt am Horizont. Dann ist sie ganz verschwunden ...

Manuel öffnet den Brief von Gladys. Sie bedankt sich für seinen Brief und kündigt eine freudige Überraschung an. Don Pepe hat Manuel eine Reise spendiert. Eine Reise an die Atlantikküste, nach Corn-Island, zur 'Großen Maisinsel'. Corn-Island ist eine Insel mit weißem, kilometerlangem Strand, mit Palmen und hellblauem Meer. Die Reise soll für Manuel eine Belohnung sein. Er soll sich von allem ausruhen können. »Der Junge muß ja halb tot sein von all den Strapazen«, hat Don Pepe gesagt.
Manuel ist nicht halbtot. Er fühlt sich sehr lebendig. Aber er weiß auch, was er hinter sich hat. Und eine freudige Überraschung ist diese Nachricht auch nicht. Schließlich will er sich nach der großen Abschlußfeier in Managua mit Maria treffen. Und außerdem, wie kommt gerade Don Pepe dazu, ihn für die Teilnahme am Feldzug zu belohnen. Das Geld kommt wirklich vom falschen Mann. Manuel wird einfach »Nein« sagen.
»Was Wichtiges?« fragt Maria, als sie Manuels Gesicht ernst werden sieht. »Nein, ich habe nur eine Reise an die Atlantikküste geschenkt bekommen. Aber ich habe nicht viel Lust!«
»Hast du ein Glück!« sagt Maria. »So gut möchte ich's auch mal haben!«
Manuel schweigt und überlegt. Irgendwie muß er das beste aus der Sache machen.

## 31. Von der Rückkehr nach Managua

Schon in den ersten Vororten von Managua stehen die Menschen dicht gedrängt in den Straßen. In Richtung Stadtmitte werden es immer mehr. Auf dem großen Platz vor der Kathedrale und dem Parlamentsgebäude stehen Tausende von Menschen und warten. Als die ersten Lastwagen ankommen, winken sie und rufen Willkommensgrüße. Viele haben Transparente mitgebracht. Aus allen Teilen des Landes treffen die Lastwagen ein. In langen Kolonnen fahren sie zum Sammelpunkt.

Die Menschen in den Straßen und auf dem Platz sind außer sich vor Freude. Und die Mitte von Managua ist nicht mehr tot. Aber nicht nur wegen der vielen Menschen, die sich jetzt hier versammelt haben. Die meisten Ruinen sind verschwunden. Auf den freien, verwilderten Flächen sieht Manuel jetzt bunte Kinderspielplätze mit allen möglichen Türmen, Häuschen und Spielgeräten. Er sieht grüne Rasenflächen, Sportplätze und ein riesiges Wandgemälde. Es ist wie die Rückkehr in eine andere Stadt. Die Heimkehr von hundertfünfzigtausend jungen Leuten aus allen Ecken des Landes wird zu einem einzigen Triumphzug. Der Feldzug ist zu Ende, und sie haben gesiegt. Wie vor einem Jahr ist ganz Managua auf den Beinen und jubelt den Siegern zu. Und die Menschen sind genauso begeistert wie im letzten Jahr, als die Waffen der Söhne Sandinos die Diktatur Somozas und den Terror der Nationalgarde beseitigt hatten.

Der Unterschied ist nur, daß Manuel diesmal nicht einer unter den Zuschauern ist, die den Siegern auf den Lastwagen zujubeln. Diesmal gehört er selber zu den

Siegern. Und diesmal ist er selber dabei gewesen, als der Sieg erfochten wurde. Manuel hat für den Sieg gekämpft, und er hat gewonnen. Mit allen anderen zusammen. Und er hat keinen einzigen Schuß abgegeben. Es sind auch nicht die Gewehre, die sie jetzt jubelnd schwingen. Es sind die Hefte, Bücher und Bleistifte. Aber viele haben mit ihren Geschenken zu tun. Manuels kleines schwarzes Geierschwein grunzt sehr friedlich. Manchmal will es aber auch weg und fängt laut zu quieken an. Marias Huhn scheint sich in sein Schicksal ergeben zu haben. Es guckt ab und zu von schräg oben in die jubelnden Menschen, wo mehr freudiger Lärm und Durcheinander ist als in dem lautesten Hühnerstall.
Die Abschlußfeier findet auf einem unendlich großen Gelände vor Managua statt. Der Platz neben der Kathedrale und dem Parlamentsgebäude war zu eng geworden. Grußadressen aus der ganzen Welt werden verlesen und die Ergebnisse des Feldzuges bekannt gegeben. In Nicaragua gibt es jetzt weniger Menschen, die nicht lesen und schreiben können als in den reichen und mächtigen USA.

## 32. Von der Ankunft und von Olivia Brown

Manuel hat seine Mutter erst zu Hause in Bolonia getroffen. Er hätte sie lieber schon vorher gesehen, als er mit dem quiekenden Geierferkel vom Lastwagen stieg. Gladys hatte Manuel gesucht und hatte ihn in dem Getümmel nicht gefunden. Da hat sie einfach ein paar andere Jungen und Mädchen umarmt. »Die haben sich auch gefreut«, sagt sie.

»Du hättest mich sehen sollen, wie wir in Managua eingezogen sind«, sagt Manuel.

»Ich bin auch so stolz auf dich, und ich bin froh, daß du heil und gesund wiedergekommen bist.«

»Es war manchmal sehr schwierig. Einmal dachte ich, ich muß sterben!«

»Du wirst dich gut erholen auf Corn-Island. Das ist genau der richtige Ort dafür.«

»Ich will lieber in Managua bleiben!«

»Was?« – Gladys macht ein Gesicht, als habe sie sich verhört.
»Ja, und außerdem will ich kein Geld von Don Pepe. Wenn er es unbedingt ausgeben will, soll er es für etwas besseres ausgeben. Meinst du etwa, so Leute wie Don Pepe hätten einen Peso für den Feldzug gegeben?«
»Aber Don Pepe gibt etwas für dich. Ist das etwa nichts? Und außerdem kennst du Corn-Island und die ganze Atlantikregion ja gar nicht. Da wohnen andere Leute als hier. Viele von ihnen sprechen Englisch oder Indianersprachen. Da ist es wie in einem anderen Land. Aber das gehört auch zu Nicaragua. Wenn du das nicht kennst, hast du ein falsches Bild von deiner Heimat.«
Manuel möchte kein falsches Bild von seiner Heimat haben. Der Strand und das Meer locken ihn schon. Und außerdem sind die Ferien dort nur acht Tage lang.
»Fahr doch ruhig mit«, sagt Maria, »in acht Tagen sehen wir uns dann ganz bestimmt wieder!«
»Endlich bist du vernünftig geworden«, sagt Gladys, als Manuel doch noch einwilligt. »Und Olivia wird sich freuen. Sie fährt mit nach Corn-Island. Ich habe ihr schon einen langen Brief geschrieben und ihr viel von dir erzählt.« Olivia Brown ist eine alte Freundin von Gladys und Malerin. Sie malt meist sehr kleine Bilder mit Menschengesichtern. Die Gesichter von Olivia sind unverwechselbar. Sie malt die Gesichter so, daß man in ihnen etwas erkennen kann, was auf Fotografien fehlt.
Tito hätte gesagt: »Sie malt die Urbewegung eines Menschen in seinem Gesicht ...«
Drei Tage später kommt Manuel zusammen mit Olivia Brown auf Corn-Island an. Die Insel ist so, wie man sich ein Ferienparadies vorstellt.
Niemand scheint hier zu arbeiten. Das einzige, was

ständig in sanfter Bewegung ist, ist das Meer. Was man zum Leben braucht, wächst rundherum auf den Bäumen. Und ein Langustenessen kostet genausoviel wie ein Schweineschnitzel.

Wenn er abends im Restaurant auf der Seeterrasse sitzt, kann er sich die verschiedensten Gerichte bestellen. Reis und schwarze Bohnen stehen nicht auf der Speisekarte.
Es ist, als wolle das alte Leben sagen: Hier bin ich wieder, und wie du siehst in meiner schönsten und angenehmsten Form.
Abends sitzt Manuel meist mit Olivia zusammen. Olivia kann nicht nur viel erzählen. Sie will auch alles wissen. Manuel muß berichten, was er auf der Insel erlebt hat. Und er muß alle gesammelten Geschichten erzählen. Es ist gut, daß Manuel jemand hat, der alles genau wissen will.
»Du hast dich sehr verändert«, sagt Olivia. »Manchmal denke ich, du bist ein anderer Mensch geworden, und manchmal kommt es mir vor, als wärst du noch so

wie früher. Zuerst habe ich gedacht, du hättest dich fünf Monate lang nach einem solchen Leben wie hier gesehnt. Aber wenn ich dich so reden höre, ist es doch ganz anders.«

»Ich möchte das weitermachen, was ich am Anfang der Welt gelernt habe. Und dann werde ich Lehrer oder Arzt oder Forscher.«

»Alle Wetter«, sagt Olivia, »ich hoffe, du schaffst das auch und hast dir nicht zu viel vorgenommen.«

Manuel wird nachdenklich und sagt nichts mehr. Beide sitzen jetzt eine Weile schweigend nebeneinander und schauen aufs Meer. Nicht weit von ihnen tuckert ein Fischerboot vorbei. Zwei Männer sind hoch in die Masten geklettert. Sie machen das Boot klar für den Langustenfang. Aber auf Manuel wirken sie wie zwei Akrobaten, deren Zirkuszelt der Himmel ist.

## 33. Von Amerika, vom eigenen Weg und vom aufrechten Gang

»Wir sitzen fast in der Mitte von Amerika und trotzdem am Rand der Welt«, sagt Olivia Brown. »Einmal war ein Tourist bei mir. Der hatte so ein kleines Tonbandgerät dabei. Und der hat alles aufgenommen, was ich gesagt habe. Jedes einzelne Wörtchen. Und da kommt doch so ein schwarzbrauner Stepke hier rein und sagt: »Was will dieser Scheißamerikaner mit dieser Scheißkamera hier?« Und ich sage: »Das ist kein Scheißamerikaner. Der kommt aus Europa. Und das ist auch keine Scheißkamera. Das ist ein Tonbandgerät. Und weißt du eigentlich, daß du selber auch ein Amerikaner bist!«

»Ich bin doch kein Scheißamerikaner!«

»Und was bist du dann?«

»Ich bin von der Atlantikküste aus Bluefields und nicht so ein Scheißamerikaner!«

»Und Nicaragua, wo liegt das?«

»Ganz bestimmt nicht in diesem Scheißamerika!«
»Aber ich sage dir, es gehört ganz bestimmt zu Amerika, und du bist auch ein Amerikaner. Es gibt Nordamerika, Mittelamerika und Südamerika, und du lebst in Mittelamerika.«

»Aber ich bin nicht so ein Scheißamerikaner!«
»Ich habe es ihm nicht beibringen können, daß er auch ein Amerikaner ist. Er hat es mir einfach nicht geglaubt. Ich habe dann zu dem Stepke gesagt: »Dann komm wenigstens heute abend her. Da werden hier Lieder gesungen.« – »Ich will keine Scheißlieder hören, und ich komme auch nicht in die Scheißbibliothek.«
»Was willst du denn heute abend sonst machen?« frage ich.
»Ich will ins Kino gehen!«
»Und welchen Film zeigen sie?«
»Lady Karate«, sagt er und nimmt Kampfstellung ein. »Ich will in einen Karatefilm gehen, bruch ... zack«, sagt er und verschwindet. Aber am Abend ist er trotzdem in die Bibliothek gekommen. Er war gewaschen und gekämmt, und seine Mutter hatte er auch mitgebracht ...
Der Tourist hat mich auch gefragt, wie ich mir die Zukunft von Nicaragua vorstelle, und ich habe gesagt: »Wir müssen unseren eigenen, aufrechten Gang lernen. Wir müssen lernen, uns aufzurichten. Immer haben wir uns nur geduckt und auf den Boden geschaut, und man hat uns eingebläut, daß wir nichts sind und nichts werden können. Aber die reichen Länder sind doch auch durch uns reich geworden. Die haben doch mehr als hundert Jahre die Sachen hier aus dem Land rausgeholt. Und wenn sie uns helfen, dann ist das keine Gnade. Die geben uns doch etwas zurück, was sie

sich vorher hier geholt haben. Und wir brauchen viel Hilfe nach diesem schlimmen Krieg. Aber sie sollen uns unseren eigenen aufrechten Gang lernen lassen und uns nicht behandeln wie Leute, denen man immer noch Vorschriften machen muß.«
Und dann hat er mich auch gefragt, wie das weitergeht mit allem hier, und was wir tun, wenn die Begeisterung über den Sieg gegen Somoza einmal verraucht ist. Und ich habe gesagt. »Mit dem Befreiungskampf ist das so ähnlich wie mit dem einzelnen Menschenleben selbst. Jeder Mensch hat die Zeit seiner Jugendträume, in der er wer weiß was werden will und glaubt, er könne die ganze Welt erobern. Sicher merkst du auch noch, daß es nicht so einfach ist, Lehrer, Arzt oder Forscher zu werden. Aber dann hören ja viele Leute

überhaupt auf zu träumen und haben keine Hoffnung mehr. Aber gerade das müssen wir ja von euch jungen Leuten lernen, daß man das Träumen und Hoffen nicht einfach sein läßt und den Mut für neue Anfänge hat. Ich weiß nicht, ob ich dir das alles genau erklären kann. Aber ich habe das zu dem Touristen gesagt, da-

mit er es mitnimmt in sein Land und den Leuten dort weitererzählt. Er hat gesagt, manche Leute in seinem Land wissen gar nicht, wo Nicaragua liegt. Aber es gibt ja viele Länder wie Nicaragua, und sie müssen alle den aufrechten Gang lernen. Darauf kommt es an!«
Manuel denkt an die Campesinos auf der Insel und an die Abschlußfeier. Sie haben mühsam angefangen, aufrecht zu gehen. Manuel hat ihnen dabei geholfen und ist selbst größer geworden. Er zeigt Olivia ein Blatt Papier, auf das in liebevoll gemalten Buchstaben ein Gedicht geschrieben ist. Es ist ein Gedicht von Marcelina. Sicherlich hat sie lange Zeit dafür gebraucht. Irgendwann beim Abschied hat sie es Manuel heimlich in den Rucksack gesteckt. Olivia liest:

Du gehst schon, Manuel,
um wieder bei deiner Familie zu sein.
Du gehst schon, Manuel,
und du wirst die Aufregung
und die Angst nicht mehr spüren.
Du gehst schon, Manuel,
und du warst doch für mich
wie mein eigener Sohn!
Du gehst schon, Manuel,
und du wirst mir fehlen.
Nur die Wege,
auf denen du gegangen bist,
sind noch da.
Du gehst schon, Manuel,
und du hast deine Pflicht erfüllt
und den Traum von Sandino.
Du gehst schon, Manuel,
und ich danke dir,
denn dieses Gedicht
ist das Ergebnis deiner Mühe.
Adios, Manuel,

Sandino lebt.
Immer die Faust nach oben!
Gott möge dich segnen!
Deine Mutter vom Land
Marcelina.
Solentiname – Nicaragua – Im Jahr 1980

»Wunderbar«, sagt Olivia, »darüber kannst du dich freuen. Ich glaube, das ist wirklich ein Anfang für unser kleines Land auf dieser großen weiten Welt.«

Die Länder der Erde in flächentreuer Darstellung (Peters-Projektion)

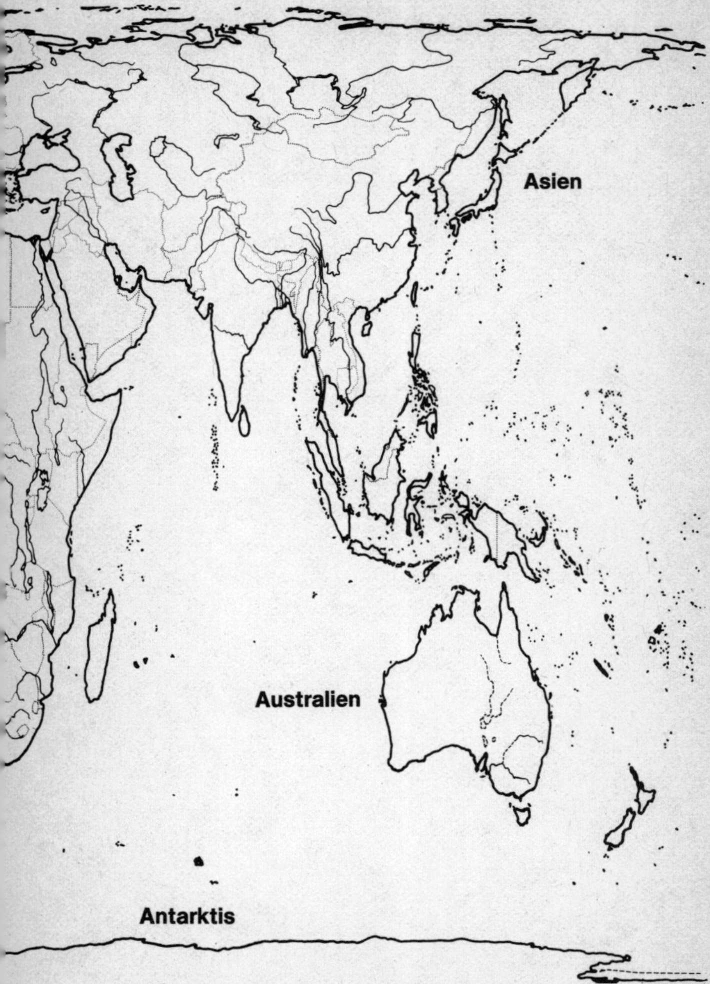
Asien
Australien
Antarktis